ハヤカワ文庫SF

〈SF2374〉

宇宙英雄ローダン・シリーズ〈671〉

潜入捜査官ブル

ロベルト・フェルトホフ&H・G・フランシス

林 啓子訳

PERRY RHODAN
DER SPION VON KUMAI
TOD AUS DER UNENDLICHKEIT
by
Robert Feldhoff
H. G. Francis

Translated by
Keiko Hayashi
First published 2022 in Japan by
HAYAKAWA PUBLISHING, INC.
This book is published in Japan by
arrangement with
PABEL-MOEWIG VERLAG KG
through JAPAN UNI AGENCY, INC., TOKYO.

目次

潜入捜査官ブル

潜入捜査官ブル

ロベルト・フェルトホフ

登場人物

レジナルド・ブル（ブリー）……《エクスプローラー》指揮官
ストロンカー・キーン…………同乗員。首席メンター
ラヴォリー…………………………同乗員。ストロンカー・キーンの恋人
エルスカルジ………………………同乗員。ブルー族
ドリ・メイ＝ヘイ………………惑星クマイの庇護者。カルタン人
ギング・リ＝ガード……………ドリ・メイ＝ヘイの副官。カルタン人
メイ・ラオ＝トゥオス…………惑星バンセジの庇護者。カルタン人
アリ・シン＝ガード……………惑星シャレジの庇護者。カルタン人
ミア・サン＝キョン……………惑星フベイの庇護者。カルタン人

1

とうとう、イルミナ・コチストワと再会できるのだ。漆黒の髪の、あの優美なメタバイオ変換能力者と。レジナルド・ブルは、すでに心待ちにしていた。ここ数年というもの、イルミナとはとりわけ盟友のような絆《きずな》を築いてきたから。

ときおり、ブルは思った。潜在的不死者であるふたりにとり、時間は無限にある。それでも、毎回思い知らされた。ふたりの道が交差することはめったにない。それは、どうしようもないこと。あきらめるしかなさそうだ。

「ヘルメットをはずしてかまいませんよ、ブリー！」

その声で、無理やりもの思いから引きはなされる。なにげなく、ヴィランの透明なヘルメットをうしろにすべらせると、襟もとで折りたたまれた。ストラクウス。それがこの惑星の名前だ。アブサンタ＝シャド銀河の辺縁に位置し、ネットウォーカーの基地がある。ここで、ジェニファー・ティロンとデメテル、そしてシガ星人三名が、長いあいだ融合されていた植物の監獄から解放されるという。

エアロックのハッチが開いた。目の前には、基地の殺風景《さつぷうけい》な壁がそびえる。通廊のつきあたりの高さ一メートルほどのベンチで、ひとりの男が待っていた。

「ハロー、ブリー！」

「テク！　何十年ぶりだ……？」

「その話はやめておきましょう」あばただらけの顔をした長身の男は、たちまち真剣な顔つきになる。ふたりとも、再会のよろこびを押しとどめた。なんといっても、エスタルトゥ十二銀河においては依然として戦士崇拝が存在し、それに関する問題が文字どおり山積している。「イルミナに会いにここまできたのですか？」

「まずは、彼女の助けが必要なのだ、テク。カルタン人の件でな」ブルは友のもの問いたげなまなざしに気づき、曖昧《あいまい》な笑みを浮かべた。「われわれ、いい手を思いついたのだ。イルミナはただ、事態を進展させるきっかけをつくってくれればいい」

「急ぎですか？　おわかりのとおり、彼女はハイブリッドにかかりきりです。ジェニー、デメテル、シガ星人三名を解放するでしょう。それでも……」

「それでも、なんだ？」

「すでに共生はかなり進行しています。イルミナはかなり慎重に施術し、これには全神経を集中させる必要があります。それでも、彼女はきっと、あなたの問題に携わる時間をすぐに見つけるにちがいない」

「待つのはかまわないさ、テク。われわれのだれもが、それを多少なりとも学んできたのではないか？」

テケナーは笑みを浮かべた。だがそれは、千年以上前に〝スマイラー〟というあだ名をもたらした冷ややかな微笑ではない。

「ここにいてください。わたしは、これからハイブリッドの件で必要とされるようですから」

＊

およそ七時間後、ブリーはやさしい声に起こされた。

「ハロー、ブリー！」

椅子にすわったまま、眠りこんでいたようだ。「イルミナ！　わたしに時間をもらえないか？　すまない。つい、居眠りしてしまった」

「ひょっとしたら、あなたもだんだん年をとっていくのかもしれませんね」女はいった。

「そうかもしれないな！」ブルは、胸の卵形のふくらみを皮肉をこめて軽くたたいた。細胞活性装置だ。「重要なのは、きみがまだ元気だということ。すなわち、きみの力が必要なのだ」

「どういうことでしょう？」

「われわれ、《エクスプローラー》でアブサンタ＝ゴム銀河のピナフォルというあまり知られていない惑星からここに到着したところだ。話したいことがたくさんある」ブルは最近の出来ごとについてくわしく話して聞かせた。パラ露五百キログラムを奪い、恐ろしい姿に変貌したカルタン人エスパーふたりを捕らえたことを。

「そのふたりの役目はなんだったのでしょう？」

「知ってのとおり」ブルは応じた。「カルタン人はパラトロン・バリアを生成できない。それゆえ、カルタン人エスパーによって、大量のパラ露の爆燃を防がなければならない……かれらの健康をかけてでも」

「いま、わかりました」イルミナは疲れたようすだが、毅然《きぜん》とした態度で友を見つめた。「しずくのバリアのために利用される者は、たえず有害な放射にさらされる。それゆえ、変貌するわけですね」

「変貌とは、またずいぶんとおだやかな表現だな。ここにホログラム映像がある」

ブルはそう告げ、椅子のそばの小型端末に記憶クリスタルを押しこんだ。ふたりのあいだに、ネコ型生物ふたりの正確なミニチュア映像があらわれる。どちらの姿も、細胞瘤《こぶ》と膨《ふく》れあがった脳によって恐ろしいほど変形していた。

「怪物だわ！」イルミナはそういうのがやっとだった。

「そうだ。一日じゅう、支離滅裂な話をしている。グッキーでさえ、思考をとらえられない。ひとことでいえば、完全に識別不能なのだ」

イルミナは、気づいた。

「あなたのことなら、よくわかっています、ブリー。なにか計画があるのですね」

「そのとおりだ」ブルが応じた。謎めいた笑みが、そばかすにおおわれた幅広の顔に浮かぶ。「これは絶好のチャンスだ。われわれが捕らえたカルタン人エスパーはふたりだけだが、三人を返すつもりだ。つまり、きみにマスクをひとつ用意してもらいたい」

華奢《きゃしゃ》な女は、ただ理解できずに友を見つめるばかりだ。やがて、ほほえみ返す。

「あなたは、ただのでぶな雄猫にしかなれませんが、この状況では……」

「そうだろ？」ブルが応じた。「うまくいくはずだ」

このときは、自分がいかに思いちがいをしているのか、まったくわからなかった。

＊

翌日、ブルはカルタン人ふたりを基地に連れていった。ふたりとも身長百七十センチメートルほどだが、ほとんどもとの姿をとどめていない。頭囲は、およそ八十センチメートル。皮膚全体が角質におおわれ、毛皮の断片がところどころのぞく。膨れあがった顔に、かろうじて鼻、耳、目が見わけられた。

　手足も同様に変形し、ほとんどかたちをなさないように見える。ブルには、そもそも手足が動いていること自体が驚きだった。ときおり、からだが痙攣《けいれん》している。まるで危険に満ちたパラ露の影響がまだつづくかのようだ。

　イルミナは夕方近くになってようやく、ふたたびブルのために時間をとった。

「近くで見ると、ふたりともさらにひどい状態のようですね」メタバイオ変換能力者は告げた。「もうあまり長くは生きられないと思われます。とはいえ、あなたの計画にとっては好都合かもしれませんね。実際のところ、最先端の医療技術をもってしても、ふたりを救うことはできない。おそらく、あなたは精査をまぬがれるでしょう」

「つまり、うまくいきそうか？　このふたりと見わけがつかないようなバイオ・マスクをわたし用につくれるのだな？」

「いずれにせよ、かなり似たものは。ひょっとしたら、ダイエットしなくてもすむかもしれません……まずは、からだの輪郭に合わせた型を用意して、生体物質を増殖させる。あなたはその場にいる必要さえありません。全体が完成し、変わりはてたカルタン人エスパーに見えるようになったら、そのなかにすべりこむことができます。ただし……」

　そこで口をつぐむと、考えこむような顔になった。

「なんだ？　いってくれ！」

「ええ……この基地でのらりくらりとすごしているあいだにひどく太らないと仮定してですが」そう告げ、友の腹をふざけてたたいた。

十一日間が経過。ようやく、ブルの複製ができあがり、バイオ・マスクにおおわれる。イルミナが一日一時間以上作業に費《つい》やすことはない。それでもまもなく、変貌したカルタン人にどうにか見える物体がゼリー状物質から生じた。

「あと二、三日もすれば」イルミナが告げた。「完成です。ひょっとしたら、《エクスプローラー》の乗員にいまから出発準備をさせたほうがいいかもしれません」

予告どおり、完成まで三日間を要した。その晩、イルミナに会ったさい、ブルはほとんど友を気の毒に思ったほど。疲労困憊《こんぱい》しているようだ。まざまざと思い浮かぶ。デメテル、ジェニファー・ティロン、シガ星人三名を解放する作業は、どれほどの集中力を強いるものなのか。とはいえ、こちらのたのみごとも重要だ。カルタン人の謎の解明は、きわめて重要なものとなるだろう。

「こちらです、ブリー！」

イルミナに連れられ、栄養分と白っぽい成長濃縮液につつまれたからだの前に立った。変わりはてたカルタン人ふたりにそっくりだ。たしかにオリジナルよりもたくさんの瘤があり、手足が比較的短いものの、たいして重要ではない。

「すばらしい！」ブリーが賞讃する。「まさに想像どおりだ。カルタン人に正体を見破られたなら、悪魔にさらわれたっていい！」

「あなたがなにを計画しているのか、わたしにはわかりません、ブリー。それでも、正体を見破られたなら、まさにそうなるでしょうね。さ、これから最後の仕あげにかからなければ」

ブルは、変形した人工生体ボディをうっとりと見つめた。頭頂部から足先までごく細い溝がはしる。メタバイオ変換能力者はその特殊な力を使ったにちがいない。自分には理解できないほどの精密さで、イルミナはカルタン人マスクの細胞組織に介入し、任意に組みかえると、外科的処置なしに長く伸びた開口部を生じさせたのだ。

「まるでカーニバルの仮装のようだな」ブリーはしゃがれ声でいった。

「ま、見ていてください、ブリー！　スリットを閉じれば、たちまち、だれもあなたとカルタン人エスパーふたりの見わけがつかなくなるでしょう」イルミナは容器からバイオプラスト・テープ二枚をとりだすと、スリットの縁に貼りつけた。「いいですか。テープを剝がすと同時に、その下の組織が凝固剤になります。そうしたら、五分以内にマスクのなかにもぐりこんでください。つづいて、縁をたがいに押しつければ、継ぎめが見えなくなるでしょう。傷跡は半時間もしないうちに消え、つながるようにバイオプログラミングをセットしましたから」

「完璧だ、イルミナ！　で、マスクはどのくらいもつのか？」

友は、疑うように鼻にしわをよせた。

「五週間？　いいえ……四週間といったところでしょう。その後、組織は崩壊します。計画を完遂するのに充分だといいのですが。もっとも、そのあいだ、マスクは完璧にほんものに見えるはず」

ブルは思った。四週間あれば充分だ。それほど長くは演じつづけられないだろう。

「わたしのささやかな楽しみのために充分に余裕を見てくれただろうな？」

イルミナは笑みを浮かべ、おちつかなそうに、額から黒髪をかきあげた。

「もちろんです。マスクを身につけたらすぐに、皮膚のたるみを感じるはず」

＊

翌朝、ブルは惑星ストラクウスをはなれることにした。

現《エクスプローラー》複合体セグメントのうち最小の《ラヴリー・アンド・ブルー》が、近くの空いた着陸床におりたつ。全長三十メートル、横幅およそ二十メートル。高さはかろうじて六メートルほど。そのかたちは、多角形の、不規則なパズル断片のようだ。船の両端には、光速搭載艇が繋留《けいりゅう》されている。

「軌道にもどってくれ！」ブリーは司令室に到達すると、そう命じた。「《エクスプローラー》にドッキングする」

「で、その後は？」

ブルー族のエルスカルジが甲高《かんだか》い声で訊いた。《ラヴリー・アンド・ブルー》のメンターだ。ブルー族のだれもがそうであるように、短い脚の上に長い胴体が鎮座し、それがホース状の柔軟な頸につづく。毛髪のない頭部は、まるでピンク色の円盤のようだ。エルスカルジの唯一の目を引く特徴は、なみはずれた長身だった。すくなくとも、二メートル二十センチはあるだろう。

「それから、アブサンタ＝ゴムの北角に向かう」

「クマイに向かうのですか？」

「クマイだ」ブルが断言した。「ブランデルク星系に向かう。出発だ」

六週間前、ブリーはネズミ＝ビーバーのグッキーとともに惑星ピナフォルで〝航行記録装置〟を手に入れた。装置には、アブサンタ＝ゴム銀河におけるカルタン人の一惑星の座標が保存されていた。クマイという名だ。そこから惑星チャヌカーまでの距離は、船のヴィールス知性によれば、ちょうど四・九光年。この手がかりをむだにしたくない。運がよければ、そこでラオ＝シンの謎を解明できるだろう。エスタルトゥにおいて、カルタン人はそう名乗っている。イルミナさえ、同行してくれたなら……

「いいから、向かってくれ！」

ブルー族は指揮官を驚いて見つめた。

「寝ぼけているのですか。とっくに《エクスプローラー》複合体に到着しましたよ。会議の時間です」

《ラヴリー・アンド・ブルー》セグメントから出た乗員は、エルスカルジとブルだけ。ほかのヴィーロ宙航士十七名は……そのうちテラナーはふたりだけだが……会議の内容に応じてくわわるだろう。すくなくとも、ブルはそう望んだ……しょせん、どのセグメントにもわが道を進む権利があるのだ。

会議では比較的スムーズに、あらゆる具体的問題において合意にいたった。ブルの提案によれば、アブサンタ＝ゴムには〝北〟から向かうことになる。

「それが、もっとも確実でしょうね」ストロンカー・キーンが同意した。現在の《エクスプローラー》複合体セグメントの首席メンターだ。「その飛行ルートは、あらゆるパトロールを避けるもの。結局のところ、だれも戦士船とのコンタクトを欲しているわけではありませんから」

ブルにはわかっていた。この助言は、とりわけわたしに対するもの。自分はトシンだ。額の印は、追放者であることをしめす。あと八十五年間も永遠の戦士の気まぐれにしたがわなければならないのだ。その後ようやく、イルミナ・コチストワとともに力の集合体エスタルトゥを去ることができる。

「悪いが、あとはたのむ」ブルが告げた。「ストロンカー、きみならどこに行くべきかわかるな」

「なにをするつもりですか？」

「わたしは二週間もストラクウスにいた。ふたたび、ネットコーダーを確認する時間だ」

＊

とはいえ、その前に、捕らえたカルタン人エスパーのようすを見に行った。ふたりとも、ブルがみずから用意したエアロック室にいる。変わりはてたカルタン人たちは、無関心そうに空《くう》を見つめるばかりだ。そうでないときは、かぎられた空間を無意味に歩きまわった。おまけに、つかえながらなにかいっている。とぎれとぎれの言葉だけのこともある。《エクスプローラー》の人工知能でさえ、これを理解できない。

もっとも、ブルはちがうように見ていた。どのような生物であれ、カルタン人のような運命を意識して受け入れたなら、おのれの任務にきわめて執心するにちがいない。つまり、本能的に異生物ふたりは依然としてパラ露を守ろうとしている。ただ、すでにその力がないだけ。

「さてと、ネットコーダーに」ブルは、ぼんやりとつぶやいた。

ネットコーダーというのは、ネットウォーカーから入手したプシ通信装置だ。これにより、プシオン・ネットの情報ノードに問い合わせることもデータを送信することもできる。《エクスプローラー》においてこれ以上ないほどすぐれた防御メカニズムなのだ。船に組みこまれたネットコーダーは、ブルのプシ・パターンだけに反応する。そのうえ、権限のない者が秘密を暴《あば》こうとすれば、たちまち自滅スイッチが入るという。

「見せてもらえますか？」

振りむくと、《エクスプローラー》の首席メンター、ストロンカー・キーンが背後に立っていた。

「かまわないとも。これはわたし同様にきみにもかかわることだ」

ブルは、興味深い一連のニュースをピックアップし、付属ディスプレイにうつしだした。報告の多くが、巨大凪《なぎ》ゾーンの崩壊後のシオム・ソム銀河の状況をしめすもの。ほかは、またもや進行役と永遠の戦士のあらたな関係についての詳細だ。

「たいしたニュースはないな……だが、これは！　テスタレからのメッセージだ。カルタン人の謎に関するもの」

ボタンを押しこみ、テキストを印刷させる。こうして、アラスカ・シェーデレーアのプシオン共生体が独立し、長いあいだ行方不明だった友エルンスト・エラートと遭遇したことを知った。両者とも、もともとは肉体探しの旅の途中で出会ったようだ。しかし同時に、〝カゲロウの謎〟を探るうち、ふたつの惑星の座標を偶然見つけ、記録していた。

「そこにさらなる分析がありますす、ブリー」

このときようやく、ブルは注釈に気づいた。惑星サバルの分析者がくわえたものだろう。ひとつめはバンセジという惑星だが、みずから命名したチャヌカーと同一惑星のようだ。ブルがネットウォーカーの情報システムに最後にデータを提供したのは、かなり前のこと。シャレジという名のふたつめの〝新発見〟は、クマイから五・五光年、バンセジことチャヌカーからたった五・二光年しかはなれていない。

「わたしは、おろか者だ！」ブルが悪態をついた。「なぜ、チャヌカーを訪れたさい、もっとちゃんと目を向けなかったのか？　あれが完璧な拠点惑星だとわかったはず！」

「おちついてください、ブリー」ストロンカー・キーンが動揺をあらわすことなく、いった。「結局、われわれのだれも思いつかなかったのですから。どうしたというのです？」

「ごくかんたんなこと。カルタン人には、リニア・エンジンしかない。メタグラヴ・エンジンもヴィールス船も持たない。それゆえ、かれらにとり、距離は重要ファクターとなるだろう。かれらが基地をたがいの近くに築くのは論理的ではないか？」

「そうとはかぎりません」

ブルは、うなり声をあげただけ。ふたたびボタンを押しこむと、プリンターから補足分析が出力された。そこにはこう書かれている。〝あらゆる情報を総合的に判断すれば、第四のラオ＝シン惑星が同じセクターにあるとわかる。それはおそらく、エスタルトゥにおけるラオ＝シンことカルタン人のこれまで発見されていない中心惑星である〟

「わかったか、ストロンカー？」ブルが興奮したようすで訊いた。「とうとう、とらえたぞ！」

「おそらく。ですが、ほかにもまだ……カルタン人がかれらの星系をなんと呼ぶか、見ましたか？　アルゴム星系のシャレジ、ブランデルク星系のクマイ。そしてバンセジは？」

「シャント星系だ」ブルが考えこみながら答えた。「おかしな話だ。なぜカルタン人は、ウパニシャドの生徒が身につける戦闘服にちなんで、自分たちの星系を名づけたのか？　それがどうであれ……いまやそのシュプールがつかめた。ぐっと近づいた気がするぞ、ストロンカー！」

2

NGZ四四六年十一月一日。かれらは〝北〟からアブサンタ＝ゴム銀河に到達した。いままでなにひとつ事件らしきものは起きていない。これもネットウォーカーと密にコンタクトをとっていたおかげだろう。敵対勢力のあらゆる重要な動きについて、つねに知らされてきたから。

「あとどれくらいかかるのか？」レジナルド・ブルは訊いた。スクリーンのひとつには、白色矮星《わいせい》ブランデルクとその星系がすでに鮮明にうつしだされている。もっとも、これはシミュレーション映像だ。実際の映像は、まだとらえられないはずだから。

「一時間半です」ラヴォリーが応じた。ストロンカー・キーンのパートナーであり、代理をつとめる。つねに《エクスプローラー》のヴィールス物質と密にコンタクトをはかっていた。

「ならば、まだ充分に時間があるな」ブルは司令室を出ると、貯蔵室に向かった。こぢんまりした室内の中央に、透明な装甲プラスト製ガラス容器がそびえる。なかには、はかりしれないほど大量のちいさなしずくが保管されていた。およそ五十万粒のパラ露だ……ブルがグッキーとともにピナフォルで捕獲したもの。これが、ブルの計画において囮《おとり》となる。

容器内のグリーンの光は、パラトロン・バリアによるものだ。この種の装置がなければ、物質は自然爆発し、制御不能なエネルギーが放出されるだろう。専門用語では〝爆燃〟という。ここにも、カルタン人にとり重大な問題がある。パラトロン・バリアを持たないから。それゆえ、余儀なく同胞を監視者として犠牲にしている。

ブルは、不機嫌そうに息を吐きだした。ネコ型ヒューマノイドを助けるのが自分の義務ではないのか？　だが、それゆえにパラトロン・バリアの秘密をかれらに明かしてもかまわないのか？　わからない……結局、自分にいいきかせた。だれもパラ露のあつかいかたをカルタン人に強要することはできない。

ブルは、容器の下の飛行プレートをなんなく押した。自重を失い、容器は浮きあがり、床から二十センチメートルの高さでとまった。あとは容器の慣性を断ち、追いたてるように司令室に向かわせるだけでいい。

「ハロー、ブリー！　ここでなにをはじめようというのですか？」

「交渉だ、ストロンカー。見ていればわかる。われわれ、もうカルタン人に見つかったのか？」

「おそらく、見つかっていないでしょう。まだ遠すぎますから」

「ブランデルク星系のデータを教えてくれ」

「了解です……惑星四つ、特筆すべきことはなにもありません。クマイは第二惑星、呼吸可能な空気のない氷世界です。人間とカルタン人にとって酸素がすくなすぎますから。直径二万四百キロメートル。重力はテラ標準を〇・二Gうわまわります。衛星は、ルナに似ていて、直径も同じくらい。ピナフォルで手に入れたこの〝航行記録装置〟によれば、マイクムと呼ばれています」

「もう充分だ、ストロンカー。カルタン人に探知される前に、ラオ＝シンの周波に呼びかけようと思う。ひょっとしたら、心理的に有利になるかもしれない。こちらの技術的優位を相手に知らしめるのだ」

まず、クマイに向けて自分の映像を発信するよう指示を出した。《エクスプローラー》の人工ヴィールス知性は、そのさい、あらゆる外見的特徴を排除しなければならない。そうすれば、ラオ＝シンのスクリーンには、理想的テラナーの顔があらわれるだろう。すでにブルはあまりに頻繁に登場していた……体格やトシンの印によって自分だと気づかれるわけにはいかない。映像の奥には、パラ露のしずくを配置した。

「いまだ！」

この瞬間、クマイで受信されているかどうかはわからない。それでも、自分たちがブランデルク星系を訪れた意義と目的を明確に伝える。

「われわれには、パラ露五十万粒がある。さらに、カルタン人エスパー三名がこの船内にいる。これで取引をはじめようではないか」

さらなる説明はしない。クマイのカルタン人には、捕虜とパラ露の出所について曖昧にしておくつもりだ。要点をかいつまんでいえば、みずから理解するだろう。なんといっても、すでに何度も三角座銀河からの船はどこかで行方不明になり、漂着したにちがいないのだから。

「さてと、待つとしようか」

ブルは、このセグメントの主操縦室に集まったヴィーロ宙航士を順ぐりに見つめた。百名をこす乗員のうちのわずか一ダースだ。

「それについてはすこしの心配もいらない」そう告げた。「わたしのほかには、だれも危険にさらされないから」

「そうとはいえませんね、ブリー！」

驚いて振りむくと、ストロンカー・キーンが探知スクリーンのそばに立っていた。そこにうつる二十四の赤い光点が、たちまち中央のグリーンの光をとりかこむ。

「カルタン人の円盤船だ！　主スクリーンに切り替えます……」

突然、ブルは真っ暗なパノラマ・スクリーンにかこまれた。シミュレーションされた、円盤形シルエットが、暗闇から生じる。色とりどりの稲妻が《エクスプローラー》複合体の十一セグメントをつつみこむと、損害をもたらすことなく、跳ねかえった。

「われわれが危険にさらされることはない」ブルが安心させるようにいった。「それでも、回避行動をとるのだ、ストロンカー。とはいえ、最高速ではなく……かれらがその手のエンジンを夢みることができるくらいの速さで」

「承知しました」

スクリーンの映像が突然一掃され、からっぽになる。円盤形シルエットのかわりに、遠い星々が徐々に暗闇から浮かびあがった。

「追っ手の姿はありません、ブリー。距離はすでに充分でしょう。それでも、ハイパーカムによる呼びかけがそこに」

「やれやれ、やっとだな、ストロンカー！　ひょっとしたら、交渉の用意がととのったのかもしれない。小型スクリーンで！」ヴィールス知性、船の〝精神〟の手を借り、ふたたび三分前と同じ手はずをととのえた。最前面に、自分がすわる。背後には、乗員数名のそばにパラ露容器がそびえ立つ。

「こちらは《エクスプローラー》だ」ブルがはじめた。自分の姿は、充分に奇異にうつるはず。「なぜ、攻撃する？　われわれ、平和的交渉を提供したはずだが？」

「ただの誤解だ。わが名は、ドリ・メイ＝ヘイ。惑星クマイの庇護者だ」

ブルは、相手の言葉の奥にあつかましさを感じた。同胞種族に関する重要案件となると、ラオ＝シンことカルタン人はこれまでもたびたび強硬手段に訴えてきた。とどのつまり、どのような動機が背後にひそんでいるのか？　ブルにはわからない……それでも、徐々に謎の解明に近づいている気がした。

「どうせ、こうなると思っていた」ブルもまったく同様にあつかましくふるまう。「さてと、交渉をはじめようか？」

「そうするつもりだ、異人よ。船をクマイの軌道に案内させよう」

「軌道だと？」ブルは、相手の考えがわかった。クマイをめぐる軌道は、惑星の武器システムの射程圏内にある。それでも、このチャンスをむだにするわけにはいかない。クマイ付近での待機は、自分の計画にうってつけだから。

「しばらく、考える時間が必要だ」ブルがきっぱりと告げた。

「考える時間はない！」ドリ・メイ＝ヘイがあわてて叫んだ。まるで、主導権を是が非でも守ろうとするかのように。

「それは、われわれが決めること。あとで連絡する」

そう告げると、ブルはスクリーンのスイッチを切った。

「どう思う、ストロンカー？」

頑強な男はほんの一瞬ためらい、

「賛成です」と、告げた。「実際、《エクスプローラー》複合体にたいした問題は起きません。ヴィールス防御バリアはおそらく、カルタン人が惑星近傍において投入可能なあらゆるものをうわまわるでしょう」

「ラヴォリーは?」

「異議はありません。せっかく、ここまできたのですから、背後になにがかくされているのか知りたいものです」

操縦室にいるのこりのヴィーロ宙航士もまた、似たような意見を述べた。

「ならば、承諾しよう」ブルは決定した。ヴィールス船の〝精神〟ヴィーに向きなおった。「もう一度、ドリ・メイ＝ヘイにつないでくれ。そして、わたしがだれだか気づかれないようにしてもらいたい!」

*

「ほら、ブリー、見てください!」ラヴォリーが叫んだ。ストロンカー・キーンが《エクスプローラー》を指定された軌道に向かわせるあいだ、彼女は探知スクリーンからはなれずにいた。「カルタン人がこれほど神経質になっている理由がわかりました」

パノラマ・スクリーンに、ぼんやりした輪郭が浮かびあがった。全長八百メートルほど。ゆっくりと回転運動をしている。

「ウムバリ級の最終段だ」ブルは驚いた。「なるほど、わたしにもわかったぞ。つまり、ちょうどいま、三角座銀河からあらたなパラ露が到着したわけだ。そして、われわれはそれに遭遇した……諜報活動の格好のチャンス到来ということ！」

ブルは、満足そうに両手をこすりあわせた。

「当面、すべてうまくいくはずです」ラヴォリーが楽観的にいう。

「そうなるはず……でなければ、ずっと軌道にとどまることになる」

「ドリ・メイ＝ヘイから、ふたたび受信しました！」《エクスプローラー》のメンターが告げた。

「あとはまかせる、ストロンカー」ブルが告げた。「交渉の結果がどうなろうと、わたしにはどうでもいい。重要なのは、わたしがカルタン人エスパーふたりとともに惑星に降ろされること」

そして、ラヴォリーに向かって、

「これから助けが必要になる。手伝ってもらえるか？」

「もちろんですとも」女は躊躇《ちゅうちょ》しながら答えた。「ストロンカーは、わたしがいなくてもうまくやれるといいのですが」

「心配はいらない。かれなら楽々とかたづけるさ」

ふたりはともに、ブルがカルタン人エスパーふたりを収容したエアロック室に向かった。ヴィールス・セグメントの"精神"は、ちょうどふたりを睡眠状態に切り替えたところだ。それでもブルは、カルタン人の無意味な動きに気づいた……痛みに苦しんでいるのだろう。

隣接する貯蔵室には、かんたんな作りの棚がある。そこにバイオ・マスクが置かれていた。これを着用し、クマイのカルタン人のなかに潜入するつもりだ。

「気をつけてくれ、ラヴォリー。五分しか猶予がない。その半分で完了するつもりだ。まず、カバーから詰めものをとりだそう」

スリット中央の閉じられた縁をわきに押しのけると、その下から、ブルのからだの複製があらわれた。かなり弾力のある物質は、すでにグレイがかっていたが、ブルは気にもとめず、両手でこれをつかむ。同時にラヴォリーは、マスク物質をわきに押しのけた。手ぎわよく中身を引っ張りだすと、棚に横たわるのはただのぼろ切れだけになる……ブルは、無造作に自分の複製をわきへ押しやった。

「さ、こんどはわたしをなかに入れてくれ……」ブルがつぶやく。「イルミナがいい仕事をしてくれたならいいのだが」

「それについては、心配無用でしょう」ラヴォリーが応じた。

ブルは内心、彼女のいうとおりだと思った。さらに確信し、コンビネーションを脱ぐ。

かんたんな下着だけになると、まず両脚を前に押しだし、可能なかぎりしかるべき場所を探った。すべてが問題なく進む。マスク内の材質はやわらかくからだにはりつき、たるみもしわも生じないだろう。

つづいて、腕、肩、胴体を同じ要領で滑りこませる。一分が経過した。

「装備をお忘れでは、ブリー。内ポケットが見あたりませんが」

悪態をつきながら、右腕を引っこめた。ラヴォリーが小型パラライザーを手わたすと、ブルはそれを左腋《わき》の下に忍ばせる。さらにプシカムを喉頭の上に置き、最後に声域をゆがませるヴォコーダーをしまいこんだ。食糧容器は、すでに足裏につくりつけられている。必要とあらば、注入によってあらゆる栄養が補給されるだろう。

「これでぜんぶです、ブリー」

なにもいわずに、ブルは顔の上のマスクを閉じた。酸素供給は問題ない。

「わたしの声が聞こえるか？」

「完璧だわ！　これでもう、あなたはカルタン人エスパーに見えます」

「ならば、マスクを閉じるとしよう。バイオプラスト・テープを剝がしてくれ。そのあと、スリットの両端を重ねあわせてもらいたい」

ラヴォリーは、正確に友の指示にしたがった。まもなく、スリットが閉じる。ブルは輝く表面を目で追った。傷跡の上に毛が生え、とうとう跡形もなくおおう。

「立ってみてください、ブリー！」

苦労して、立ちあがる。数歩、ぎこちなく歩いてみた。引きわたされるまでに、マスクを動かすことに慣れなければ。大きな問題はなさそうだ。それでもカルタン人エスパーふたり同様、可動性においてひどく制限される。

「じゃあ、司令室で！」ブルが告げた。マスクにかくれ、ラヴォリーの黒い、アーモンド形の目を見つめた。わずかにイルミナを彷彿《ほうふつ》させる。長い黒髪も完全に同じだ……

かぶりを振り、この思いを振りはらう。

「幸運を祈ってくれ、ラヴォリー」

「もちろんです、ブリー」

3

一時間もしないうちに、レジナルド・ブルは《ラヴリー・アンド・ブルー》に移った。ストロンカー・キーンは、不利な条件をのまざるをえなかった。ブリーのほかに乗員は一名だけ。ブルー族のエルスカルジ、《エクスプローラー》複合体のこのセグメントのメンターだ。貯蔵室にはパラ露容器がある。出発前、ストロンカー・キーンは、パラトロン・ジェネレーターに自己破壊装置を仕組んだ。隣室には、変わりはてたカルタン人エスパーがいる。ブルは、着陸直前にそこにくわわることになっていた。

「まもなく到着します」エルスカルジがブルー族特有の超音波に満ちた甲高い声で告げた。「《エクスプローラー》とのプシ・コンタクトが可能です。これなら盗聴される恐れはありません。あなたの喉頭装置でためしてみましょう」

ブルは同意のうなり声をあげた。無意味な言葉をいくつか発し、それぞれのシグナルが《ラヴリー・アンド・ブルー》の受信装置に到達するのを確認する。

「有能な青い被造物は、われわれの味方です」エルスカルジが大げさにいった。「うまくいかないはずがない」

それは、マスクを装着したテラナーのほうがよくわかっていた。とはいえ、エルスカルジに反論する理由もない。相手はただ、不器用なやりかたで友をはげまそうとしただけだ。

すでに主スクリーンには、凍てつく景色がひろがっていた。特徴的なものはなにひとつ見つからない。ただときおり、銀色に輝く建物がかたわらをかすめていく。

「その下が宇宙港です」エルスカルジが速度を落とした。「北極地帯が最大の居住地のようです」

いま、ブルにもそれが見えた。宇宙港とはいいすぎだろう。実際、着陸床ふたつしかないのだから。周辺には、七つの大気ドームがそびえる。そのうち五つは、直径四百メートル、高さはわずかその四分の一。中央に位置するドームには、おそらくラオ＝シン植民地クマイの制御ポイントがあるのだろう。のこりのドームふたつは、ほかのドームと同じ比率とはいえ、直径一キロメートル、高さ二百五十メートル。両方とも工廠《こうしょう》のようだ。

《ラヴリー・アンド・ブルー》は、目だつ動きをすることなく着陸した。次の瞬間、円盤船十隻が上空を封鎖する。

エルスカルジは、ドリ・メイ＝ヘイに向けて通信を確立。カルタン人マスクのブルは、カメラの視野に入らないようにした。

「これからどうすればいい？」ブルー族が訊いた。

「まったくかんたんなこと」庇護者がそっけなく応じた。「パラ露とわが同胞三名を引きわたすのだ。その後、価格交渉しよう」

「割にあわない取引だな」エルスカルジが円盤頭を前後に振りながらいった。まるで考えこんでいるかのようだ。「病人三名と、われわれの誠実さの証《あかし》としてパラ露のしずく千粒をわたそう。それが、わたしの最後通牒《つうちょう》だ」

「承知した！」

ブルにはふたたび、ドリ・メイ＝ヘイの返答があまりに性急に思えた。このカルタン人はなにかたくらんでいるにちがいない。それでも、そのもくろみをつぶしてやる。

「護衛を連れてそちらに向かい、同胞とパラ露を受けとるつもりだ」

エルスカルジは、なにもいわずに通信スイッチを切った。

＊

十七年以上にわたり、そのブルー族はヴィーロ宙航士とともにエスタルトゥを旅してきた。これを悔やんだことは一度もない。旅心はいまもなお燃えつづけていた。それでも、燃えあがる炎から欲求が生じた。制御可能なものだ。好奇心は、とうに責任感に席を譲っていた。自分の義務を避けてはとおれない。カルタン人の謎の解明により、戦士崇拝もまた打撃を受けるだろう。ひそかにそう確信していた。

「カルタン人七名が、エアロック室の前で待っています」《ラヴリー・アンド・ブルー》のヴィールス知性が知らせた。

「ちょっと待て」エルスカルジが告げ、胸ポケットに小型装置をしまいこむ。プシオンによる広帯域インパルスを発するものだ。カルタン人テレパスは、こちらの思考ひとつとらえるのに相当苦労するだろう。

「エアロックを開けてくれ！」ブルー族は命じた。

二分後、ドリ・メイ＝ヘイが護衛六名を引き連れ、司令室に入ってきた。エルスカルジは、かれらの不安をはっきり感じた。七名とも女だ。口髭《ひげ》がないため、そうとわかる。音もたてずにしなやかに動き、真っ白なハイネックのユニフォームを身につけていた。はじめ、エルスカルジはカルタン人の見わけがつかなかった。すると、七名のうちもっとも大きなネコ型生物が大声を出した。

「パラ露はどこだ？」

「ああ、庇護者よ」ブルー族は、相手の声でそれがドリ・メイ＝ヘイだとわかった。

「わが船にきたからには、命令口調は不要だ。ここでは、きみたち七名よりもわたしのほうがずっと優位にあることを忘れないでくれ……とはいえ、わたしは客をもてなすのが下手《へた》だ。礼儀正しい褐色の被造物が許してくれるといいのだが。ついてきてもらえるか？」

ブルー族は先に立って進み、まずカルタン人の居場所に案内した。三名とも非常に似通っている。すくなくともエルスカルジは、ひとめではブルを見わけられなかった。

ドリ・メイ＝ヘイは合図し、同胞を呼びよせた。すると、ネコ型生物三名が変わりはてたエスパーの腕をそれぞれとり、外に連れだす。

「見てのとおり、三名ともぶじだ」エルスカルジが甲高い声をあげた。

「それについては、あとで確認する。次は、パラ露だ」

躊躇することなく、ブルー族は隣室のパラトロン封鎖された容器をしめした。ドリ・メイ＝ヘイの目が輝く。

「このグリーンの光は……防御バリアか？」

「ヴィーロ宙航士と銀河系諸種族の技術的機密だ」エルスカルジは肯定した。

「われわれラオ＝シンは、それに興味がある」

「防御バリアは取引対象ではない」

突然、ブルー族は異人が自分の脳を探りはじめたのを感じた。カルタン人二名がエルスカルジの頭部をじっと見つめている。パラ露を使い、こちらの思考内容を探りだそうとしているのだ。とはいえ、なんの役にもたたないだろう。なんといっても、その対策はしてある。

エルスカルジは、容器のスイッチに近づき、次々と貴重なしずく千粒を流出させた。ドリ・メイ＝ヘイをのぞくカルタン人全員が前に飛びだす。ほんの数秒で、大量のしずくをひろいあつめ、布につつみこんだ。もうエルスカルジにかまっているひまはなさそうだ。しずくがパラトロン・バリアの影響から解放されたいま、つねに見張る必要があるから。

「きみたちがしずくと仲間三名の状態を確認できるよう、あすまで待つつもりだ。それまでに交渉準備をととのえ、合図をよこさなければ、わたしは出発する」

＊

ブルはわかった。エルスカルジは驚くほどうまくやったようだ。だれも、これほど用意周到なふるまいをブルー族に期待してはいなかった。すくなくともそれについて、ブルはまったく心配する必要はなかったが。

カルタン人三名がパラ露を運んだ。ブルとエスパー二名は、それぞれつき添いの腕に支えられ、用意されたグライダーに乗りこむ。そのあと、ドリ・メイ＝ヘイは、空気チューブが《ラヴリー・アンド・ブルー》までまくりあげられるのを確認した。

「腰をおろして、おとなしくするように！」ネコ型生物が告げた。予想どおり、ブルも醜く変わりはてたパラ露監視者二名も、その言葉を気にとめない。

「しずかにしなさい！」

もう、どうにもがまんならないようだ。

「放っておきなさい」ドリ・メイ＝ヘイが命じた。「かれらには、どうしようもないのだから。われわれ、むしろ同情すべきだ」

「ですが、この三名は種族の裏切り者です」

「いや！」ドリ・メイ＝ヘイは、この訴えを退けた。「かれらは、もう自分がなにをしているかもわからない。ギング・リ＝ガード、あなたは涙ネットでの任務をまぬがれてよかったな。さもなければ、そのような発言はしないはず」

「マイクムであれ、タルカニウムのほかのどこであれ、ラオ＝シンはただおのれの義務をはたすだけです」

「あなたは、その義務もはたしたいのか、ギング・リ＝ガード？　いっておくが、パラ露を監視する者は大きな代償を支払うことになる……不幸な者たちを見るがいい！　もう、この話はたくさんだ」

ブルは思った。もうすでに、ここまでやってきた甲斐《かい》があったというもの。〝涙ネット〟とはなんだろう？　ドリ・メイ＝ヘイの言葉から、その怪しげな〝物体〟のひとつは、クマイの衛星マイクムにあるとわかる。あるいは、ただの偽名を偶然耳にしただけなのか？　おまけに、タルカニウムという言葉もわからない……またもや戦士崇拝と言語的関連があるものなのか。どのウパニシャドのダシド室にもあるネコ型生物の像が、オーグ・アト・タルカンと呼ばれているのは周知のとおりだ。

　ブルはいま、この短い飛行でどこに向かっているのかがわかった。中央ドームだ。どうやら、クマイでは最小のものらしい。軽い衝撃があり、エアロック室に到着する。ブルはほとんど時代遅れの技術に気づき、テラの二十五世紀にもどったような気がした。すべてが人工的かつ機能的に見える。融和への欲求と技術は、カルタン人の発展段階においていまだ調和がとれていないようだ。

「こちらはエルスカルジ」ブルの喉頭のそばで甲高い声が告げた。こっそり見まわし、安心する。だれにも聞かれなかったようだ。舌の先端で、ヴォコーダーのスイッチを切った。これで、小声でも自由に話すことができる。

「どうした？」

「《ラヴリー・アンド・ブルー》から観察しました。つまり、建物の年数のことですが。標準暦で五万年ほどでしょう！　もっとも、グライダーはかなり新しいものです」

「五万年だと……当時なにがあったのか、エルスカルジ？　それがわかったなら、すべてが明らかになるだろう。そう確信する。ちなみに、ドームの備品もまた新しいもののようだ。百年もたっていないだろう。つまり、ラオ＝シンは、古いドームを引き継ぎ、あらたに設備したということ。わかってよかった。情報に感謝する、エルスカルジ」

ブルー族は、なにもいわずにスイッチを切った。

数秒後、ラオ＝シン植民地の病棟に到着する。建物のいくつかは、テラナーに監獄を彷彿させた。それでも……必要とあらば、脱出できるだろう。なんといっても、いくつかの装備をむだに持参したわけではないのだから。

「ここで待つように」ドリ・メイ＝ヘイがほとんど慈しむように、ブルとパラ露監視者ふたりに告げた。「まもなく、あなたがたの番だ」

ブルは、庇護者のことが理解できなくなった。《エクスプローラー》の乗員に対しては、長いこともはや知性体ではないかのごとく、仮借《かしやく》なくふるまってきた一方で、幸薄い同胞にはこれほど思いやりを持って接している……矛盾しないか？　いや、矛盾ではない。ブルは思った。この態度は、ひたすら異種族よりも同胞種族に高い価値を置いているせいだ。テラナーもまた、かつてそう考えていた。遠い昔のことではない。

部屋の唯一のドアがわきに吸いこまれ、ブルのもの思いは中断した。ヒュプノ暗示をかけられたかのごとく、ブルの目は、ドリ・メイ＝ヘイとギング・リ＝ガードの隣りに立つカルタン人ふたりに注《そそ》がれたまま、動かない。そのひらいたてのひらの上で、パラ露のしずくが輝く。ブルは理解した。むだな医学的診察をするつもりはないようだ。テレパスには、ほかにやるべきことがある。

「はじめなさい！」庇護者が命じた。「三人を尋問するのだ」ドリ・メイ＝ヘイは横目で一瞥《いちべつ》し、同行したカルタン人ふたりが命令にしたがったと確信する。

「話を聞くのだ、三人とも！　まだほんのすこしでも思考力があるならば、わたしの話を聞くがいい！」

ブルは思った。この言葉に反応し、相手の注意を引くようなことがあってはならない。隣りの変わりはてたネコ型生物ふたりも同様に反応を見せない。それでもひそかに、きびしいパラ心理的尋問にそなえる。太陽系帝国のもと国家元帥として、もちろんブルはメンタル安定人間だ。これにより、テレパシーによる尋問にはほぼ抵抗できる。ほんものの思考をいっさい外に出さないようにし……同時に可能なかぎり、混乱した考えや映像を意識表面に投影する。

数秒もしないうちに、汗が吹きだした。突然、マスク内の空間が狭すぎる気がした。まるで、イルミナの作品が縮んだかのようだ。とにかく、おちつくのだ！　完全に冷静でいなければ。いまは、神経過敏になっている場合ではない。

「どの宇宙船から、あなたたちはきたのか？」ドリ・メイ＝ヘイが訊いた。

返答はない。

エスパーふたりは一心不乱に盗聴している。ブルはみずからに集中を強いた。

「異人はどうやって、あなたがたを支配下に置いたのか？　思いだすのだ！　考えろ！」ブルの隣りの変わりはてたカルタン人のひとりが、うなり声をあげはじめた。ブルは即決し、これにつづく。ヴォコーダーが、悲しげなネコのような鳴き声をたてた。

「グリーンの防御バリア！　それについてなにかわかるか？　話しなさい……わたしは、あなたたちの庇護者だ」

すべてがむだだった。ブルの思ったとおりだ。パラ露のしずくがたちまち、溶けていく。

まもなく、もう役にたちそうもないわずかな残骸と化し、さらに消えていく。

「中断する！」ドリ・メイ＝ヘイが命じた。

「ですが、グリーンのバリアが！」ギング・リ＝ガードという名のカルタン人が異議を唱えた。「われわれ、是が非でもかれらの脳内にある記憶をとりださなければ」

「わからないのか？　この監視者三名は、もう自分がどこにいるかさえわからないのだ。いや……かれらの意識的思考は、すでに何週間も前に停止している。ひょっとしたら、あとで尋問を再開してもかまわない。数日後には、バンセジのメイ・ラオ＝トゥオスとシャレジのアリ・シン＝ガードが到着する。フベイのミア・サン＝キョンも。それから《エクスプローラー》にとりかかろう」

「異人の宇宙船を拿捕《だほ》させるつもりですか？」ギング・リ＝ガードが訊いた。「どうすれば成功するというのです？」

「われわれには、何百万というパラ露のしずくがあるではないか？　この目的のためにいくらか利用すればいい。とはいえ、そこから先は、まずほかの庇護者三名が到着してみないことにはな」

「すでに手遅れでなければいいのですが」ドリ・メイ＝ヘイの反抗的な部下が悲観的にいった。

「異人をひきとめておくつもりだ。かれらはわれわれを相手にいい商売をしようとしている……そして、われわれはねばり強く交渉するまでだ」

ブルは、ひそかに勝ち誇った。これ以上望めないほど上出来だ。手遅れにならないうちに《エクスプローラー》複合体に警告するチャンスが訪れるはず。クマイ滞在は、予想以上に長びきそうだ。

「よし」ブルはつぶやいた。「これが明々白々でなければ、ニンジンを食らってやる」

＊

翌朝、ドリ・メイ＝ヘイは、サービス・ロボットに起こされた。

「おはようございます、わが庇護者」聞きおぼえのない声がいう。「時間です」

無言で、通信装置のスイッチを切った。あらたな一日がはじまる。全集中力が必要とされるだろう。ヴィーロ宙航士の問題だけではない。いや、それはきっとどうにかなるはず。引きのばし戦術は、だてに特技のひとつではない。

だが、どうやって釈明しろというのか？　数日以内に、ラオ＝シンのほかの庇護者三名が到着するだろう。故郷銀河からやってきた長距離船《リーヴァ》は、いまもなお軌道をめぐっている。よりにもよって時を同じくして出現した《エクスプローラー》という存在は、耐えがたい危険を意味するのではないか？　《リーヴァ》とその積荷が、かれらの本当の狙いであるなら、どうすればいい？

もっとも、それを示唆《しさ》するようなものはまったくない。ドリ・メイ＝ヘイはみずからをおちつかせた。ただ、ほかの庇護者三名がわが立場を理解してくれるよう望むしかない。なんといっても、手をつくしたのだから。《エクスプローラー》を拿捕するには、ここクマイにはすぐれたエスパーがあまりにすくなすぎる。第一、テレポーターが欠けている。いまのところ、ミア・サン＝キョン、アリ・シン＝ガード、メイ・ラオ＝トゥオスとその乗員だけがたよりだ。

ぼんやりと、クマイの庇護者はバイブレーター杖で毛なみをマッサージした。最近、色あせた毛を見つけることもしばしば。高い代償をはらうのは、衛星マイクムのパラ露監視者だけではない。自分もまたしかり……ドリ・メイ＝ヘイは確信した。自分はもう数年しか生きられない。おもに、あまりに重すぎる責務のせいだ。ラオ＝シンの移住プロジェクトは、心をすり減らすもの。

「庇護者！」キャビン自動装置のおだやかな機械音声だ。「時間です」

急いで、ハイネックのコンビネーションを着用し、司令本部に向かう。

実際、ラオ＝シン植民地プロジェクトの背後にどのような目的がかくされているのかさえ、わたしにはわからない。ほかの庇護者たちも、ほとんどなにも知らされていないようだ。なぜ、故郷銀河アルドゥスタアルの高位女性は沈黙したままなのか？　カルタン人種族の人数に鑑《かんが》みて、基地惑星四つはあまりにすくなすぎるとは、思わないのか？

全グレート・ファミリーは、どこにあらたな生息地を見つけるつもりなのか？

ドリ・メイ＝ヘイにはわからなかった。もっとも、高位女性の英知を疑うつもりはない。それには、全体の概要が自分に欠けている。

ひょっとしたら、パラ露が鍵を握るのだろうか？

なんといっても、タルカニウムの保管庫には、四十億粒のしずくがあるのだ！

ドリ・メイ＝ヘイは、頭からよけいな思考をはらいのけた。やるべきことが山積している。ギング・リ＝ガードは、庇護者にとってかわろうとつねにチャンスを狙っていた。それでもまだ、この厄介なライバルは制御できる。それには、手もとにおいておくにこしたことはない。あの若者には才能があるものの、あまりに融通がきかず、利己的に思えた。

司令本部の男女が、礼儀正しく挨拶してくる。ドリ・メイ＝ヘイは、ただちに兵站《へいたん》担当将校に近づいた。男カルタン人というものは、とりわけ有能とはみなされていないものの、なかにはその担当分野において目を見張るような活躍をする者もいる。

「《リーヴァ》からのエスパーの補充はどうなっている？　エスパー全員を下に降ろせるか？」

「だいじょうぶだと思います、庇護者。エスパーはおよそ二百名です。余剰人員がまもなくバンセジ、シャレジ、フベイに移送されるなら、数日といったところでしょう」

「ならばよかった。それは配慮しよう。のこるは《リーヴァ》内のパラ露のしずく七千万粒の問題だな。われわれのとり分がただちにマイクムの涙ネットに運ばれるようにしたい。《リーヴァ》のパラ露監視者には、衛星への輸送を見張ってもらいたいのだ。のこりはそのままで。それについては、ほかの庇護者三名が考えるべき問題だ」

「それですべてですか？」男が訊いた。

ドリ・メイ＝ヘイは、うわの空で肯定した。若いころなら、この男はまずまずのパートナーとなっただろう。だが、その時代はとうに過ぎ去った。最近は、責任という重圧がのしかかっている。

「庇護者？」

たちまち、われに返る。ギング・リ＝ガードの声だ。

「《エクスプローラー》から通信です、庇護者」

「よろしい。わたしが応対しよう」突然、根拠のない勝利感に満たされ、ライバルを見つめた。「よく見るがいい、ギング・リ＝ガード。ひょっとしたら、交渉を引きのばすすべを学べるかもしれないから」

＊

診療所で眠るブルは当初、非常におちつかなかった。赤みがかった微光をのぞいて照明はない。ドリ・メイ＝ヘイが夜中にテレパスを送りこむという考えにいたらなければいいのだが。そうなれば、ほんの数秒で正体を暴かれるだろう……それは完全に明白だ。とはいえ、そうなる理由はまったくない。庇護者は、ブルをほんものだと信じて疑わないようだから。

それでも何度も跳び起きた。監視者がいれば、このような瞬間、苦悩のうめき声を聞いただろう。実際、カルタン人エスパーふたりはそうしている。爆発的な細胞増殖が、身体的苦痛と精神錯乱をもたらすのだろう。ブルがわかちあえないものだ。さいわい、看護師は、手術も精密検査も行なわなかった。

小部屋の片すみに、衛生設備が用意されていた。その精神状態にもかかわらず、もとパラ露監視者二名は、清潔に対する本能的感覚を失わずにいる。テラのネコみたいだ。ブルはときどきそう思った。ふたりとも、けっしてベッドを汚すことはない。したがって、自分もまた汚してはならない。そこに非常な利点がある。だれも、ブルの排泄物《はいせつ》を目にすることはないから。人間の排泄物は、カルタン人のものとはかけはなれたものだ。

三日め、エルスカルジが連絡をよこした。

「起きていますか？」最高音域の声がささやいた。「話ができますか？」

ブルは、こっそり周囲のようすをうかがった。変わりはてたカルタン人ふたりは、朦朧《もうろう》としたようすでベッドに横たわっている。看護師の姿はない。

「だいじょうぶだ」ブルはささやいた。

「きのう、ドリ・メイ＝ヘイと接触しました。黄色い被造物にかけて……彼女は引きとめておくすべを知っているのです！　もちろん、わたしは気づかれることなく、相手の手に乗りました」

エルスカルジは、なんともいえない声をあげた。軋《きし》むヒンジのような音だ。

ブルにはわかった。ブルー族が笑ったのだ。

「冗談はさておき、エルスカルジ。ニュースはあるのか？　ひょっとしたら、ドームの経年数についてのさらなるデータとか？」

「いいえ、それはありません。ですが《ラヴリー・アンド・ブルー》の〝精神〟があなたのために分析しました。ドリ・メイ＝ヘイが《エクスプローラー》を拿捕するつもりなのは、知ってのとおりです。しかし、なぜすぐにそれを実行にうつさないのか？　その答えは、彼女には充分な数のテレポーターがいないから。ひょっとしたら、彼女はすこしのパラ露も犠牲にできないのかもしれない。とはいえ、それはとうていありえそうもありません」

「いってくれ！　きみはなにがいいたいのか？」

「がまんしてください……いまはいずれにせよ、あなたにはなにもできることがありません。つまり〝精神〟によれば、ドリ・メイ＝ヘイはシャレジ、バンセジ、フベイの庇護者の到着を待っているようです。三名とも、まちがいなく満員の宇宙船で登場するにちがいない。そうなれば、おそらく充分な数のテレポーターが投入可能になるでしょう」

「可能なかぎり長く、わたしを援護してくれ。きっと、手遅れにならないうちにきみたちに警告できるだろう」

「心配無用です。われわれ、ここにいますから」

どこか部屋の奥から、音がした。

「看護師だ」ブルはささやいた。「中断しなければ、エルスカルジ。あらたな情報があれば、連絡してくれ。いいか？」

ブルー族は、無言で接続を切った。なにか聞かせたいことがあればすぐに、ブルのほうから通信を再開するつもりだ。テラナーは、手足をばたつかせた。数秒後、音がしだいに遠ざかっていく。看護師たちは出ていき、ブルはようやく浅い眠りに落ちた。

＊

翌朝、ブルの〝苦しみをわかちあう友〟ふたりの容態は悪化した。ほとんどなにもいわない。ときおり、うめき声あるいは言葉にならない声が聞こえるだけ。

自分はどうすべきか？　ブルは不安に駆られた。

「見てください」男カルタン人看護師が、先輩の女看護師に告げた。「かなり悪いみたいです。ひょっとしたら、末期症状かもしれません。サイバー・ドクターにうつしましょうか？」

ブルは驚いた。それはきっと、起こりうる最悪の事態だろう。つまり、変わりはてたパラ露監視者二名と自分を分離させなければ。手足すべてをばたばたさせてみる。そして、意味のない言葉を吐きだした。

「こっちは、まだずっとましなようです」

「そうみたいだな」先輩看護師は同意した。「ひょっとしたら、有害な影響にふたりはどさらされなかったのかもしれない。ギング・リ＝ガードを呼んでくる。どうすべきか、判断してもらおう」

ブルはほっとした。疲れはて、ベッドに沈みこむ。それでも、自分がある程度元気だと思われるよう、留意した。サイバー・ドクターは、数秒もしないうちに自分の正体を見抜くだろう。そのような危険を冒してはならない。なんといっても、これまでのあらゆる努力が報われるかどうかは、自分のさらなるスパイ活動にかかっているのだ。

十分後、ギング・リ＝ガードがあらわれた。ブルは知っている。ドリ・メイ＝ヘイの司令部幕僚のなかでも、このカルタン人は重要な地位にあった。

「病人たちをどうしましょうか？」看護師が訊いた。「ふたりは末期に入ったようですが、もう一名は比較的元気です」

ギング・リ＝ガードは一瞬、考えた。文字どおり、損得勘定をしているようだ。

「サイバー・ドクターは重傷者ふたりを救えるのか？」

「とにかく……痛みを緩和する、あるいは除去することはできます。ですが、実際に救うには手遅れです。経験によれば、サイバー・ドクターをもってしてもこのステージの場合、まもなく死ぬでしょう」

「ならば、このままにしよう。循環改善薬と鎮痛剤を投与するのだ。きのう、マイクムからあらたな患者が到着した。ひょっとしたら、助けられるかもしれない。かれらのほうが、より緊急にサイバー・ドクターが必要だろう。三名はここにとどめる」

ブルは安堵の息をついた。ギング・リ＝ガードは驚くべき冷淡さで運命と運命を差引勘定し、その結果、ブルにとってまさにおあつらえむきの決定を下したのだ。

二時間後、医療ロボットはピナフォルのカルタン人ふたりに注射を数本打った。自分の細胞組織に対する薬効はあえて考えないことにする。おそらく、細胞活性装置が最悪の事態から守ってくれるだろう。

ブルは、三度めの眠れない夜をすごした。

次の数日間は平穏がもどってきた。なにも起こらない。シャレジ、バンセジ、あるいは座標の不明なフベイの庇護者もいまだクマイに到着せず、さらなる尋問も予定されていない。ブルはときおり、《ラヴリー・アンド・ブルー》とコンタクトをとった。エルスカルジは、毎回、ブルをおちつかせようとした。

「現在、高価な鉱物資源について交渉中です」最後にこう告げる。「もちろん、ラオ＝シンには鉱物資源はまったくありません。それでも、交渉はできます……」

さいわい、イルミナ・コチストワのバイオ・マスクは完璧だった。内側の素材は、ブルの汗さえ吸収する。カルタン人の病人食にふくまれない栄養は、足底の容器から自動的に供給された。日中はなんといっても退屈との戦いだ。きわめて正確に自分の役割を演じるほか、なにもすることがないのだから。

もとパラ露監視者二名は、一週間後に亡《な》くなった。NGZ四四六年十一月十一日のことだ。ふたりとも、一度昏睡状態から目ざめた……次の呼吸で息を引きとるためだけに。

ドリ・メイ＝ヘイは姿をあらわし、半時間ほど病室にとどまった。ギング・リ＝ガードとともに、看護師になにかたずねている。もっとも、重要な情報はなにも得られなかったようだ。

「わたしたちにはもう、あなたしかいない」ブルのようすを一瞥すると、庇護者はつぶやいた。「わたしのいうことが聞こえるか？……いや。待つことにしよう……」

そして、待機はつづいた。十一月十三日になってようやく、エルスカルジがふたたび連絡をよこした。

「とうとうきました！」ブルー族が興奮したようすで告げる。「黄色い被造物にかけて、円盤船三隻です！　クマイに向かうコースをとり、十分後に着陸態勢に入ります」

ブルは安堵の息をついた。

「やれやれ、やっとだな」と、告げる。「もう、ほとんどじっとしていられなかった。はじまるぞ、エルスカルジ」

4

メイ・ラオ＝トゥオスは、身長百七十センチメートルほど、標準暦で三十八歳。外見は、ほかのカルタン人とほとんど変わらない。もちろん、すぐれた資質をそなえていた。ひとつはテレパシー能力、もうひとつは卓越した知性だ。これが、バンセジの庇護者という地位をもたらした。

二時間ほど前、クマイに向かう円盤船《カアヌ》に乗りこんだ。アリ・シン＝ガードとミア・サン＝キョンもすでにクマイに到着しただろう。このふたりのリーダーシップを非常に高く評価していた。それに対し、ドリ・メイ＝ヘイについてはよくわからない……いずれにせよ、クマイの庇護者はこれまで何度も自信なさそうにふるまったことがある。感情にはしりがちで、優柔不断だ。これは、とりわけはっきりと露見したわけではないが、そのような傾向があること自体が危機的状況において決定的となるだろう。

タルカニウムの庇護者四名が顔を合わせることはめったにない。全員がつねに植民地プロジェクト案件で多忙をきわめているから。だが今回は、やむをえない事情のため四名が集まった。ドリ・メイ＝ヘイが、はるか遠い故郷銀河からのパラ露輸送船の到着を三名に知らせたのだ。ラオ＝シンの涙ネットに、およそ七千万粒のしずくが補充されるだろう。

「あと数秒でリニア段階が終了します」《カアヌ》指揮官が知らせた。

メイ・ラオ＝トゥオスは自席に急いだ。一操作で、探知結果と最初の映像をモニターにうつしだす。なんといっても、むだにこの輸送に同行したわけではない。すぐれた反応力によって、あらゆる危険をほかの乗員のだれよりも早く察知するだろう。

警報がけたたましい音を立てた。探知将校ふたりがただちにその理由を告げる。一異船がクマイの軌道を周回しているのだ！　最悪なことに、この船に見おぼえがあった……一年ほど前の事件を鮮明に思いだす。異人は当時、惑星バンセジに無人の探査ゾンデとともにスパイを送りこんできた。結局、かれらは逃げおおせ、庇護者はそれを阻止できなかったのだ。

「クマイに連絡を！」庇護者はうなるように命じた。「ドリ・メイ＝ヘイと話したい！」

わずか数秒でつながった。すると、通信相手が回線の反対側で応答する。

「ヒステリックに反応する前におちつくのだ」ドリ・メイ＝ヘイがおだやかに告げた。

「異人がここにいるのにはもっともな理由がある。たしかに、盗聴される恐れはあるが。

それゆえ、あなたの着陸後に状況を説明しよう」

メイ・ラオ＝トゥオスは、鼻息荒く、通信を切った。異人はいたずらにここまでやってきたわけではない。それは完全にたしかだ。異人の出現の背後には、なんらかの魂胆があるはず。かれらがラオ＝シンとなんのかかわりがあるというのだ？

着陸までさらに半時間以上かかった。その間、異人船にはまったく動きがない。ほとんど無害なほどしずかに見えるが、アルドゥスタアルのパラ露輸送船から遠くはなれてその軌道上をまわっている。

《カアヌ》は、ほとんど気づかないほどわずかな衝撃とともに着陸。メイ・ラオ＝トゥオスは、着陸シャフトを急いで通過し、つづく地下通路に出た。手近な輸送カプセルに乗りこみ、中央ドームに向かう。そこでギング・リ＝ガードに迎えられた。ドリ・メイ＝ヘイの副官だ。

「ドリ・メイ＝ヘイがお待ちです、庇護者」

「案内しなさい！」

ギング・リ＝ガードのすぐうしろにつづき、ようやく会議室に到達する。案内人は、ドアの前で立ちどまった。

「お入りなさい、メイ・ラオ！」

すぐにドリ・メイ＝ヘイの声だとわかった。次の瞬間、部屋の奥で着席する女カルタン人ふたりに気づく。

「ごらんのとおり、アリ・シン＝ガードとミア・サン＝キョンはすでに到着している」

メイ・ラオ＝トゥオスは、うやうやしくこうべを垂れた。おもに、フベイの庇護者に対するものだ。ミア・サン＝キョンは、エスタルトゥにおけるラオ＝シンの中心惑星だけでなく、間接的にタルカニウムのほかの植民地三つをも牛耳《ぎゅうじ》る。その地位は、高位女性にかなり近い。

「これで全員そろったな」ドリ・メイ＝ヘイが慎重に切りだした。「見てのとおり、故郷銀河より《リーヴァ》が到着した。その積荷、おもにパラ露とエスパーは計画どおりだ。ところが、そこに異人の船があらわれた……まず、従来どおりの攻撃をしかけてみた……成功しなかったが。異人は、技術的にわれわれをはるかにうわまわっているようだ」

「テレポーターを爆弾ごと、船に送りこむこともできただろうに」ミア・サン＝キョンが異議を唱える。「なぜ、そうしなかった？」

「もっともな理由がある。まず、異人船は高次元防御バリアにつつまれている。わがテレポーターのだれも突破できないだろう。必然的に、わたしは交渉を受け入れた。異人は、パラ露五百キログラムを持参し、末期段階のパラ露監視者三名を連れてきた。どこからとは告げなかったが……」

「パラ露だと？　異人がパラ露を所有するのか？」

「遺憾ながらそうだ」ドリ・メイ＝ヘイが応じた。「サンプルは入手ずみだ。ウムバリ船数隻がここに到着する途中で消息を絶った。おそらく、異人はそのうちの一隻を偶然見つけ、生存者からパラ露五百キログラムを奪ったのだろう……さらにつづきがある。そのうち、ふたりはすでに死んだが。

わたしにパラ露監視者と、サンプルとしてパラ露のしずく千粒をさしだしたのだ。その半トンのパラ露がいかに危険かは周知のとおりだ……実際、自然爆燃するはずだった。

ところが、異人はグリーンの防御バリアにより、パラ露を安定させられるのだ。搭載艇がクマイに着陸し、サンプルが手わたされたさい、わたし自身も同席した」

「あなたが」メイ・ラォートゥオスが怒りをあらわに叫んだ。「あなたが異人に着陸を許可したというのか？　危険を考えなさい！」

「考えたとも。われわれには、あの防御バリアがぜひとも必要だ。つまり、力をあわせて両船を攻撃するしかない。それにより、成功の可能性が倍になるだろう」

「名案だ」ミア・サン＝キョンが賞讃する。「どうやって異人を引きとめたのか？」

ドリ・メイ＝ヘイは満足そうに喉を鳴らした。

「むずかしくはない。異人は私心なくやってきたわけではないから。交渉をはじめてか

椅子にすわったままだ。

ら、かれこれ二週間だ。現在、こちらからは高価な振動結晶体を提示している。それでも、異人はわたしが容認できる以上のものを望んでいるようだ」

「その件について過信は禁物《きんもつ》だ」メイ・ラオ＝トゥオスはいま、後悔していた。ほかの庇護者にバンセジでの出来ごとを知らせておけばよかった。「あなたには知っておくべきことがある」

赤いもじゃもじゃ頭の異人を思い浮かべ、虫唾《むしず》がはしった。あれほど無害に見えたのだが。それでも結局、異人は逃げおおせた。トシンの印、あの額の烙印《らくいん》を目にしながらも、あなどってしまった。非常に危険な存在だけが、永遠の戦士によってあのような烙印を押される。すくなくとも、エスタルトゥの使者の話によればそうだ。

端末で《カアヌ》との通信を確立させる。乗員は、数分もしないうちにしかるべき情報リールを送信完了した。これに、関連データすべてがふくまれる。

「わかるか？」ほかの庇護者三名は、緊張したようすで考えこむようにスクリーンを見つめている。「異人には特定の目的がある。われわれをあざむこうとしているのだ」

「そうではないかもしれない」ミア・サン＝キョンがしばらくして応じた。「そうだとしても、その計画を妨害しよう。わたしはドリ・メイの意見に賛成する。われわれにはあの防御バリアが必要だ。毎年、多くのすぐれたエスパーを犠牲にしている。これを終わりにできるのなら、そうしなければ……どれほど危険に思えようとも」

メイ・ラオ＝トゥオスは同意した。ほかに選択肢はない。

「まずは、異人が連れてきたもとパラ露監視者の生存者のようすを見にいこう」アリ・シン＝ガードが提案した。

「そうしよう」メイ・ラオ＝トゥオスが同意する。「ひょっとしたら、役にたつかもしれない」

＊

病院区域は、一居住ドーム内にあった。患者七十名ほどがここで治療を受けている。メイ・ラオ＝トゥオスは確信した。そのうち一部は回復するかもしれない。だが、のこりは徐々に死に近づき、数週間後にはおだやかに永眠する。自分の管轄下にある惑星バンセジにおいても、似たような状況だ。そのような最期はカルタン人にとり、なんでもない。だれもが危険を直視し、戦おうとしている。

「ここだ」

四名は、とりわけ警備のきびしい隔離病棟に足を踏みいれた。メイ・ラオ＝トゥオスは、透明なガラスの向こうに横たわる、恐ろしく変わりはてた女カルタン人を見つめた。その顔はガン細胞におおいつくされ、感覚器官が膨れあがっている。ときおり、激痛のあまり、むやみやたらと手足を動かす。

「彼女がどこからきたのであれ、そこでおそらく薬が切れたのだろう」ドリ・メイ＝ヘイが説明した。「もう手のほどこしようがない」

「近くで見せてくれ」

庇護者四名は、病室に入った。ドリ・メイ＝ヘイが、看護師たちを通廊へ追いやる。つづいて、胸ポケットからパラ露のしずく四粒をとりだした。

「この者が防御バリアについてなにか知っているとは思えないが。それでもパラ尋問をためしてみよう。われわれ四名はタルカニウムにおける最高のエスパーだ……ひょっとしたら、わがテレパスたちよりも多くの成果を望めるかもしれない」

メイ・ラオ＝トゥオスはただちに、輝くちいさなしずくひとつをてのひらに乗せた。おもむろに手を握ると、鉤爪を感じる。次の瞬間、別次元の力が湧いてきた……そして、ターゲットを感じる！

四つの力の流れがほとんど無意識のうちに合流し、強まっていく。ターゲットは、意味を持たない思考の断片と化した。力の流れは何度も結合物を、意味を持つユニットを探す。言葉と映像から理解可能な全体を組みたてるものだ。それでも、むだだった……メイ・ラオ＝トゥオスは、未知の精神に直面し、混乱と痛みを感じた。だが、そこにまだなにかある。力の流れに屈しない境界が存在するのか？　ひょっとしたら、そうかもしれない。そして、妙になじみのある最後の断片が……

力の流れが粉々になった。断片にしがみつこうとするが、むだだった。その意味がまだ理解できないうちに手をすりぬけていく。やっとのことで現実世界にもどった。

「むずかしいな」と、つぶやく。「まるで、この女がわれわれに抵抗しているかのようだ」

「いや、それはない。彼女は正気を失っているのだ、メイ・ラオ。とはいえ、これが彼女に痛みをもたらすかもしれないのは、われわれ承知の上だ」

「そうだな」メイ・ラオ＝トゥオスは胸騒ぎがした。それから逃れることができない。長いこと、患者を疑惑の目で見つめる。この光景のなにが気になるのか？　この光景ではない。心の声が告げる。それは、まもなくわかるだろうと。

「これからどうする？」

その声で、メイ・ラオ＝トゥオスはもの思いからわれに返った。

「異人の宇宙船の相手をしよう」ミア・サン＝キョンが告げた。「これ以上、待つわけにはいかない。メイ・ラオに部隊をひきいて出撃してもらいたいのだが。彼女の反応能力は抜群で、戦闘経験が豊富だ。そのうえ、バンセジにおける事件で異人のことをよく知っている。どうだ、メイ・ラオ？」

「もちろんだとも」バンセジの庇護者は考えこむように、鉤爪で頸筋の毛をなでた。「部隊を編制するのに二時間かかるだろう。ドリ・メイ＝ヘイ、あなたには、その間に異人との交信を再開してもらいたい。かれらの要求を受け入れるのだ。そうすれば、異人は自分たちが安全だと思いこむだろう」

「どうやって、母船に充分に接近するつもりだ？」

「異人はパラ露の代価として、振動結晶体を要求している。したがって、表向きは無人の貨物筏《いかだ》をさしむけるつもりだ。だがその船には、振動結晶体のかわりに最高のテレポーター、テレパス、暗示者を乗りこませる。異人に対しては、まさに同じタイミングで搭載艇のパラ露をわれわれに引きわたすことを条件に。そうすれば、両船は同時に防御バリアがない状態になる。もちろん、惑星クマイにおいても突撃コマンドの準備をととのえておく。このようにして、すくなくともどちらかの船を拿捕するつもりだ」

一瞬、ほかの庇護者のだれも言葉を発しなかった。やがて、ドリ・メイ＝ヘイが考慮をうながすように告げる。

「すばらしい。だが、影響を受けやすい計画だな。遅延によって計画が挫折する恐れがある。それでも、その方法を実行しようではないか？」

カルタン人四名は、数秒ほど見つめあった。あらゆる未知数にもかかわらず、決定がくだされる。

「ま、よかろう」メイ・ラオ＝トゥオスが告げた。「仕事にかかろう！」

最後に、変わりはてたパラ露監視者を疑惑に満ちたまなざしで見つめた。この患者は、どうも気になってしかたがない。

*

ブルはパラ尋問後、汗びっしょりだった。わが人生において最高の演技だったといえる。とはいえ、この場合、重要なのは身ぶり手ぶりや表情ではない……反対に、思考をおさえなければならなかった。より複雑な、だいそれたふるまいはほとんど不要だ。

庇護者四名は、全力でブルの精神を揺さぶろうとした。ブルは辛抱強く、それでも目だたないよう抵抗する。とうとう、正気を失ったパラ露監視者の印象をあたえることに成功した。内心、自分のメンタル安定性に感謝する。これがなければ、勝ちめはなかっただろう。

庇護者四名は、まもなく病院区域を出ていった。

「エルスカルジ！」ブルがささやく。「すべて聞こえたか？」

数秒間、プシ通信受信装置を沈黙が支配する。ようやく、ブルー族が応答した。

「特殊増幅器が必要でして。あなたのマイクは、カルタン人四名の声を正しくとらえなかった。遠すぎたのです。わかりますか？　それでも……いまはすべてが聞こえます」

「よし。ここからは困難な時間になるだろう。ここでは、もうなんの情報も入手できない。すくなくとも病院区域では。そこで、計画を立ててみた。カルタン人は、きみたちと引きわたし時刻について交渉するだろう。クマイでは、三時間後に夜がはじまる。つまり、引きわたし時刻がその半時間後になるようにしてもらいたい」

「理解できません」ブルー族は甲高い声をあげた。「なんのために？」

「そうすれば、わたしがもっとも姿をくらましやすいからだ」ブルはそっけなく笑った。「きわめて確実な計画を思いついたのだよ。引きわたしの直前に《エクスプローラー》は撤退する。そうすれば、メンバーの大部分は窮地を脱せる。きみには引きつづき待機してもらいたい。とはいえ、防御バリアを作動させたままだ。そして、庇護者たちの計画すべてが崩壊するあいだ、わたしは混乱をいくつか起こし、脱出する」

「なにをするつもりですか？」

「まかせておいてくれ、エルスカルジ。重要なのは、きみがそこで待機することだ。充分に情報収集できたらすぐに、わたしは《ラヴリー・アンド・ブルー》にもどるから」

＊

エルスカルジは興奮したまま、三時間半、待ちつづけた。すでに《エクスプローラー》からストロンカー・キーンが、〝物々交換〟のためにもっとも適した時間を相手につきつけていた。カルタン人に選択の余地はない。条件を鵜呑《うの》みにするしかなかった。

異常に背の高いブルー族は、探知スクリーンでロボット部隊が筏に荷を積みこむようすを見守った。すべてが完全にほんものに見える。善意の第三者なら、わずかな疑念もいだかないだろう。

「詳細探知はどうだ、ヴィー?」

《ラヴリー・アンド・ブルー》の人工ヴィールス知性は即答しない。やがてこう告げた。

「情報がまったくつかめないのです。わたしでさえ、トリックを見抜けません。まるで、ふつうに品物を貨物筏に積みこんでいるかのように見えます」

「空洞共振装置は? 個体探知機はどうだ?」

「すべてネガティヴです。箱形容器内には、実際に品物があるのです……もっとも、かならずしも振動結晶体ではないかもしれませんが。カルタン人エスパーがかくれた形跡もありません」

「筏自体はどうだ?」

「そこまで、わたしの感覚器はとどきません。微弱な探知防止バリアでおおわれているので」

「黄色い被造物にかけて!」エルスカルジは大声を出した。「それこそ、最高の証明ではないか! そこになにかがある……ちょっと、待て!」突然、考えがひらめいた。

「プシオン・インパルスはどうだ?」

「クマイは、プシ活力であふれています。そのため、わたしの探知はあまり正確ではありません」

「だいたいでかまわない」ブルー族は、興奮をあらわに甲高い声で訊いた。

〝精神〟は一瞬、躊躇したようだ。

「およそいえることは、この数分間で、貨物筏内の活力が異常に増加しました」

「ほら見ろ！ それだ！」エルスカルジが叫んだ。「かれらは監視にそなえたということ。すべては、疑わしくなく見えなければならない。ところが実際は、カルタン人テレポーターが品物をただちに持ちさるわけだ。その後、かれらは船内で突撃コマンドを形成する。敵の誤算だな、ヴィー！」

コード化された圧縮通信インパルスで、観察結果をストロンカー・キーンに転送する。これによる計画変更はない。

一時間、二時間が経過……まもなくとり決めておいた時刻が訪れる。その直前、ブルー族はレジナルド・ブルと連絡をとった。

「聞こえますか？」数秒が経過する。

「聞こえるとも」

「あときっかり五分です。そうしたら《エクスプローラー》は撤退します。そこにあなたのタイムスケジュールを合わせてください」

「了解だ、〝レンズ頭〟。またあとでな」

エルスカルジは甲高い声をあげ、冗談を聞き流した。

「どうかごぶじで。ときどき観察結果をこちらに送ってくるのを忘れないでください」

「了解だといったはずだ。またあとで話そう」

エルスカルジは接続を切った。助言などできるはずがない。相手は標準暦で二千歳を超える、非常に経験豊富なテラナーなのだ。結局、このいやな予感はすべてただの思いすごしだとわかるだろう。

数分後、時計仕掛けのように正確に計画は運んだ。表面上は無人の貨物筏が出発する。まもなくクマイの薄い空気を通過し、コースを進んだ。《エクスプローラー》は、ランデブー計画直前に急発進する。一分もしないうちに船はプシオン・ネットにうつり、こうしてあらゆる探知を逃れた。

エルスカルジは顔をゆがめた。ブルー族の微笑にあたるものだ。いまごろ、カルタン人テレポーター部隊は《ラヴリー・アンド・ブルー》に乗りこみ、征服するためにどこか近くで待機していることだろう。もちろん、防御バリアを展開させたままで。

コールサインをテレカムが受信した。ドリ・メイ＝ヘイ、クマイの庇護者だ。激怒と狼狽《ろうばい》が異人の顔にあらわれてはいないか？　エルスカルジにはよくわからなかったが、意気揚々と応答する。

「こちらは《ラヴリー・アンド・ブルー》」ブルー族は、ほとんど皮肉なほど、屈託なく答えた。

「なぜ、とり決めを守らない？」

ブルー族は、しばらく考えこむようなふりをした。ドリ・メイ＝ヘイのネコ顔がそのさい、著しく表情を失う。徐々に、庇護者は自制をとりもどしたようだ。

「緊急呼びだしがあってな」ブルー族は応じた。「母船は、救助活動のためブランデルク星系をはなれなければならなくなった」

「振動結晶体をあなたに引きわたすことも可能だ。こちら側のとり決めは、変わらない……」

エルスカルジには、相手の底意が読めた。ラオ＝シンの計画を知っていたから。

「遺憾ながら、それは不可能というもの」それゆえ、ブルー族はこう答えた。「《エクスプローラー》が帰還するまで待機せよと、きびしく命じられたからな。取引再開はそれからだ」

クマイの庇護者は怒りのあまり舌打ちしながら、カメラの有効範囲外にあるスイッチをたたく。同時に通信が切れた。《ラヴリー・アンド・ブルー》のどこか近くで、いまごろ小編制の突撃コマンドが攻撃開始の合図をむだに待っていることだろう。実際に重要な出来ごとは、その間にほかの場所で起きるのだ。エルスカルジはそのことに思いを馳せると、映像スクリーンの前でまどろみはじめ、何時間にもおよぶ待機にそなえた。

5

このとき、レジナルド・ブルの病室の前には、充分に無関心そうな男カルタン人ひとりの姿しかなかった。ときおり、透明なガラスごしに、退屈な視線を投げかけてくる。ブルは、この男の身になって考えてみた。もちろん、ブル自身もましにふるまうことはなかっただろう。ひょっとしたら、この見張りのどこに意味があるのか、男カルタン人は説明さえ受けていないのかもしれない。通廊に出るドアのわきに、データ・コンソールが見える。ブルは確信した。端末にちがいない。そこから、間接的に医療ステーションの中央記憶装置にアクセス可能だろう。自分はトリックをいささか習得している。そして、このコンソールはまさに計画にうってつけだ。実際、計画の核さえ形成するだろう。

とはいえ、まずはパラライザーを手にとらなければ。

この大胆なくわだてては、そうかんたんにはいかないとわかった……このマスクには、腋の下から開けられるような開口部がないのだ。ブルは心のなかで悪態をついた。膨れあがったカルタン人の片手で、武器の曖昧な輪郭をたどる。もちろん、思いこみによるものだ。厳密な検査でさえ、このかくし場所は見つからないだろう。武器を感じるのは、自分がその存在を知っているからだ。

「あと二分です！」《ラヴリー・アンド・ブルー》のエルスカルジの声だ。

「わかったから……」ブルはつぶやいた。急《せ》いてはならない。なおざりとはいえ、監視されているのだから。

軽くからだを揺すりながら、左肩と胸部をおおう人工毛皮をゆるめる。これで、パラライザーをつかむことができた。慎重に銃の向きを変え、銃把《じゅうは》が腋の下に固定されるようにする。同時に、銃身を毛皮の内側に向けた。この場所に、イルミナ・コチストワは薄く裂けやすい組織をほどこしていた。慎重に手で銃身を押してみる。たいして苦労せずに開口部が生じた。

「ほとんど時間がありません、テラナー」

「しずかにしてくれ、エルスカルジ！」

パラライザーの銃身をつかみ、ほんの数秒で銃ののこりを引きだす。血のすじが数本、毛皮にしみこんだ。その血が傷口を閉じ、必要とあらばほんものに見えるようになる。

プラスティック製銃把を右手でつかんだ。同時に大きなうなり声をあげ、転げまわる。見張りはすぐに視線をあげたが、不審そうには見えない。ブルはもうこれ以上、時間を失うわけにはいかなかった。どうにか武器のビームを最小効果に調節し、肩ごしに男カルタン人を狙う。ガラスごしでは、銀色に輝くちいさな銃身はほとんど見えないだろう。そのまま、数秒ほど待つ。ようやく、見張りが著しく方向感覚を失ったように見えた。からだを揺らしながら、椅子からだらりと滑り落ちたのだ。

これで、かたづいたにちがいない！

行動すべき時が訪れた。ブルは見積もった。これからすくなくとも十分間はじゃまされずにすむだろう。すぐれた能力を持つカルタン人エスパーは全員、《エクスプローラー》あるいは《ラヴリー・アンド・ブルー》に向かったはず。監視カメラの存在は気にせずに、起きあがり、内側からドアを開けようとした。強く押してみると、ようやく勢いよく開く。見張りは、床に伸びていた。そのようすは、麻痺したというより、むしろ寝ているように見える。ブルはこれを計算に入れた。うまくいけば、だれも真実に気づかないかもしれない。この見張り自身でさえ。

端末は、鍵がかかっていないも同然だった。どうやら、クマイのカルタン人は〝入植者〟全員の忠誠心をかたく信じているようだ。通常の状況下ならば、たしかにそこにまちがいはない。だが今回ばかりは、ブルのアクセスを可能にした。何世紀も生きてきたテラナーは、これまで数えきれないほどサイバネティクス・システムと接触した経験がある。一部の専門家よりも知識が豊富なくらいだ。いずれにせよ、ひとつたしかなのは、医療部の権限プログラミングに数秒たりとも足どめされることはないということ。

ブルはまちがっていなかった。偽造したパラドックスによって、たちまちアクセス・コードを解読したのだ。コードキイを入手すると、医療技術施設全体の見取り図をスクリーンにうつしだす。中央換気システムと医療ロボットおよそ五十体が見えた。現時点で、病室すべてが埋まっている。ここには、カルタン人百名ほどがいた。ほとんど全員が変形に苦しんでいる。パラ露との長期にわたる接触によるものだ。

スクリーン中央の目だたない場所にブルは気づいた。それこそまさに、自分が探しもとめるべきものだ。これまでの待機時間でいくつか発見があった。あまり重症ではないパラ露監視者の治療にあらゆる手段が費やされるのは、論理的とはいえないのではないか？　もちろん……いつだったか、ブルはテラの医療技術に匹敵するものを思い浮かべた。治療はしばしば血清の助けを借りて、行なわれる。一方、血清は有毒物質から生成される。〝有毒物質〟はこの場合、パラ露なのだ！　ブルは知っていた。パラ露は、そもそも不足しているようだ。それでも確信する。この目だたない場所は、ちいさなパラ露保管庫をしめすにちがいない。それは医療目的のみに使われ、現在、警備は手薄なはず。

「さてと……！」ブルはつぶやいた。「またもや数字が必要だな」

数秒後、コードキイを解読した。ここでも、ラオ＝シンが高性能装置をほとんど故郷銀河から運べなかったことがさいわいする。実際、スクリーンはパラ露保管庫をしめしていた。五十粒もないだろう。その量は危険とはほど遠い。自然発生的爆燃が生じる恐れはないから。

最後に、医療部のコマンドコードが必要になる。さいわいにも、ここの端末は充分に操作可能なようだ。すでにコードふたつを入手した……それでも、三つめはそうかんたんにはいかないだろう。迂回路により、非常事態をよそおってみる。システムは崩壊寸前だ。そのさい、偶然のようにコマンドコードが〝外へ押し出され〟、副次装置にとらえられた。

短いコマンドをあたえ、医療ステーション中央コンピュータが、ブルのさらなる行動についての情報を公開するのを妨げる。これで警報は鳴らないだろう。

「状況はどうだ、エルスカルジ？」

ブルー族は、すぐに応答しない。やがて、プシ通信装置から甲高い声が聞こえてきた。

「すべて順調です。ちょうど、ドリ・メイ＝ヘイと話していました。頭にきているようです」

ブルは一瞬、笑った。

「十分後には、さらに逆上することになるだろう。連絡を欠かさないでくれ」

コンピュータに命じ、さまざまな災害対策をモニターに転送させた。ふたたび、幸運はブルを見捨てなかった。医療ステーションの設計者は、看護師が完全に人為的なミスを起こした場合をあらかじめ考慮に入れていたのだ。この場合、特別に投与される麻酔プログラミングが効力を発する。そうなれば、麻痺ガスが空調から流れこみ、患者も看護師もだれかれかまわず、行動能力を奪われるだろう。

ブルは、自分に五分間の猶予をあたえる分量に決めた。

医療ロボットもまた、中央制御装置につながっている。ブルは、パラ露保管庫に足なみそろえて向かうようロボットに命じた。同時に、ガスを送りこませる。グリーンの同心円が、どこに、どのように速く麻痺ガスがひろがっていくかをしめした。自分のいるステーションだけをのぞいておく。鼻栓も特効薬も持たないから。

さらなる命令をあたえ、パラ露保管庫を解錠する。医療ロボットそれぞれがプシコゴンのしずくを手にした。乱数ジェネレーターにより、麻痺ガスに対する手段とパラ露をあたえるべき患者五十名を選びだす。そのさい、危機的状況にけっしておちいらないよう留意した。なんといっても、混乱が生じるだけにとどめなければ。だれの命も危険にさらしたくない。すべてが順調に進めば、もとパラ露監視者はあたえられたしずくに中毒患者のように反応するだろう。そして、その超心理能力を活性化し、一時的にクマイをカオスにおとしいれるにちがいない。

いま自分に必要なのは、ドームの見取り図と案内図だ。ブルは、たやすくサービス記憶装置にアクセスできた。両方をフォリオに印刷させる。基地の大気ドーム七つは、通廊でつながっていた。まずは、いったん診療所を抜けださなければ……それからトンネルを通ってほかのドームに向かうつもりだ。

数秒後、騒ぎがはじまった。次々と、医療ロボットから実施報告が舞いこむ。失敗した者はいないようだ。

かすかな、ほとんど認識できないような振動が診療所を通りぬける。これが合図となった！

なにがこの振動を引きおこしたのかはわからない。期待する大混乱が生じるかぎり、どうなろうとかまわなかった。これからは、なにごとにも脱出を妨げさせるわけにはいかない。それでもブルは、この事件の本当の原因をつきとめられないよう時間をとった。まず、医療ロボットの個体記憶装置のデータを消去する。つづいて、中央制御装置の記録の番だ。最後に、麻痺させた監視者の椅子で端末を荒らし、むきだしになったケーブルのはしとはしをつなぎあわせた。まもなく、くすぶりはじめ、最後のシュプールを消すだろう。

すると、騒音がさらに頻繁に聞こえてくるようになった。大パニックが、いまようやくはじまったようだ。

「エルスカルジ？」ブルが叫ぶ。

「よく聞こえます」

「はじまったぞ、わたしは逃げる。強化活動を探知できるか？」

「ええ、もちろん！」《ラヴリー・アンド・ブルー》からブルー族が甲高い声で応じる。「急いだほうがいいでしょう。思うに、カルタン人はエネルギー封鎖を構築するでしょうから」

ブルが悪態をついた。その言葉が、警報サイレンの咆哮《ほうこう》に沈む。このような迅速な反応は思ってもみなかった。病んだパラ露監視者数名がまさにエネルギー封鎖に狙いをつけると望むしかない。なんといっても、患者のなかにはテレポーターが充分にいるのだ……ブルはそうした情報を多数つかんでいた。

見つかることにかまわず、屋外に通じるドアに向かって突進する。目の前の通廊にはだれもいない。地図によれば、もよりのトンネル入口までわずか数百メートルだ。たちまち、よろよろした足どりになった。ほかの歩きかたは、生体マスクが許さない。最初の角を曲がり、さらに通廊を進む……そこではじめて、残存する麻痺ガスを感じた。細胞活性装置のおかげで、意識を失わずにすむ。

次の角を曲がれば、トンネル入口にちがいない。成功だ！　ブルはそう思った。もう、だれもわたしをとめることはできない。

数秒後、それが思いちがいだとわかる。ほとんど変形したようには見えないカルタン人が、目の前の通廊に再実体化したのだ。ブルは動きの途中でかたまり、それ以上動けなくなった。トンネル入口の小型リフトまでたどりつけない。相手のネコ顔がたちまち変化するのがはっきりわかる。はじめ、カルタン人は無気力になったかのように見えたが、やがて自制のきかないエネルギーがあらわれた。ふたたび、攻撃的破壊欲が威嚇《いかく》する。

ブルにほとんど危害をくわえることはできないだろう。テレポーターであって、テレキネスではなさそうだ。それでも、彼女にはひとつの可能性がある。ネコ型生物が動きはじめた瞬間、これに気づいた。ブルはゆっくりと後退する。相手に自分をつかませるわけにはいかない。つまり、そうなれば、彼女はテレポーテーションし、七つのドームのどこかにブルを移動させることができるだろう。ドームの外ではないにせよ……外ならば、ふたりとも死ぬだろう。ブルは、自分の詰めの甘さをののしった。この可能性をはじめから考慮すべきだったのだ。

「おちつくのだ」ブルはつぶやいた。ヴォコーダーが自動的に眠気を誘う音を形成する。

「きみになにもするつもりはない」

「わたしにいっているのですか？」エルスカルジが訊いた。「なにを……？」

ブルは数秒ほど、ヴォコーダーのスイッチを切った。

「いま、窮地なのだ。じゃましないでくれ！」

この状況の滑稽さについて、ほとんど笑わずにはいられない。

だが、そこにカルタン人がいるのだ。鉤爪を伸ばし、背後からますます近づいてくる。ひょっとしたら、ブルのようすがどこかおかしいことに気づいたのだろうか？　かならずしも、その可能性を排除できない。

時間が過ぎていく。ブルは、パラライザーで二、三発見舞った。ほとんど役にたたない。カルタン人はまったく動じず、その場に立ったままだ。おそらく、パラ露のしずくのせいだろう。あと数分は元気なままだとしても、そのあと、倒れるかもしれない。

「わたしは、きみの敵でない」ブルがふたたび、相手をなだめようとした。「きみのじゃまをするつもりはない」

これ以上、言葉をつづけられない。カルタン人が跳びかかってきたのだ。ブルはわきによけ、床に転がった。集中力を欠いたジャンプで、もとパラ露監視者がブルの頭上を飛びこえた。数メートル先で四つん這いになって着地すると、さらなる攻撃をしかけてくる。同時に、その背後でさらなるカルタン人ふたりが再実体化した。ブルにはわかった。治安部隊に属する者たちだろう。

これはチャンスだ。ブルはたちまち、仰向けにひっくり返り、意識を失ったふりをする。ことは思惑どおりに運んだ。患者とふたりの治安維持者たちのあいだで、乱闘がはじまったのだ。

すると突然、だれもいなくなった。三人とも非実体化したのだ。もうだれも、気を失った者に注意を向けなかった。かれがさらなる被害をもたらすことはない。そう、ネコ型ヒューマノイドは考えたにちがいない。

ブルは急いで立ちあがり、リフトまでの短い距離をぎこちなくジャンプした。ボタンを押しこみ、リフトのハッチをわきに滑らせる。

これまで目にしたなかで、もっとも古めかしい装置だ。思わず、カルタン人の即興精神を賞讃する。どうやら、リフトはウムバリ級内で使われていたようなデッキの壁ででてきているようだ。

楽に手がとどく高さに、唯一のスイッチがある。

ブルは、ボタンを押しこんだ。あらゆる封鎖手段にもかかわらず、さいわいリフトは下降しはじめる。

衝撃でほとんど足をすくわれそうになった。おもむろにハッチを開け、用心しながら通廊に出てみる。さらに先に進めそうだ。

＊

ギング・リ＝ガードは、ほかのメンバーとともに出撃合図を待っていた。不可解な理由から、ドリ・メイ＝ヘイは副官である自分を異人の搭載艇を征服する部隊に割りあてたのだ。これでは、自分は間接的にしか役にたたないだろう。実際の任務にあたるのは、テレパス、暗示者、テレポーター二十名なのだから。

「準備せよ！」副官は命じた。

ギング・リ＝ガードは、ほかの隊員たちとともにパラ露のしずくをひとつ手にとった。わが能力は、類《たぐ》いまれなもの。プシオン流を感じることができる。つまり、近くでプシ・プロセスが流れるときはいつでも、それを感じとれるのだ……パラ露がこの能力を活性化するという前提において。

「テレポーターと身体的に接触せよ！」そう告げ、同時に左側のカルタン人の手をとった。「わたしの合図でジャンプするのだ」

だが、出撃合図は発せられない。ギング・リ＝ガードは、数分間、極度に意識を集中させたままでいた。だれにも出撃遅延の理由がわからない。

特殊なプシオン性妨害が押しよせた。ギング・リ＝ガードはこのインパルスを無視する。望ましからざる感覚を追うことは許されない。ひとつ、たしかなことがあるから。この妨害は、異人の搭載艇とはまったく関係がないものだ。

ほぼ十分後、司令本部から出撃の延期が伝えられた。エスパー数名が、うめきながらくずおれる。ギング・リ＝ガードも同様に集中力に負荷を感じたが、けっして弱さをしめすことはない。なにがうまくいかなかったのか？　わからない。

「のこったパラ露のしずくを回収するのだ！」そう命じた。「わかるな、われわれにはすこしのむだづかいも許されない」

しずくののこりすべてが棚にならべられた。そのかたちが涙ネットのミニチュア版を彷彿させる。ギング・リ＝ガードだけは、自分のしずくを持ったままでいた。てのひらの、ちいさな輝く物質を見つめる。なぜ、返さなかったのか？　すこし前に自分の感覚に訴えかけてきた奇妙な妨害のせいか？　ひょっとしたら……いや、それどころか完全に確信している。

またた！

ギング・リ＝ガードは、身をすくませた。視界のすみで、一カルタン人がパラ露のしずくを運びさるのが見える。集中しなければ！　気持ちを切り替えた。すぐれたエスパーたるもの、気を散らされてはならない。

いまや、ずっとそれを感じる。妨害は、ひろい周辺地帯のどこかで定期的に脈動しながら生じる、恒常的流れのようになった。その周波数は、ほぼ知覚限界を下まわる。とはいえ、増加する力とともに流れがはっきりとしてきた。ひょっとしたら、メッセージかもしれない。そう考えた。メッセージあるいは、通信シグナルだ。

ドリ・メイ＝ヘイにこれを知らせなければ。

ギング・リ＝ガードは、急いで中央ドームに向かった。到着する直前、警報に驚く。

一瞬、妨害に関するあらゆる思考が頭から消えた。クマイのラオ＝シン植民地が危険におちいったときはいつでも、ほかのすべてをあとまわしにしなければならないのだ。だれも、警報が診療所のどこから生じたのか、説明できない。ところが、ギング・リ＝ガードはそこからエネルギーを感じた。

「患者たちがパラ露を手にしたようだ！」副官は、もよりの通信装置で伝えた。「ただちに特殊部隊を派遣するように！」

自分自身も現場に向かう。おのれの能力は、逃亡者があればその者を把捉するのに役だつだろう。

＊

グレイの通廊が、薄暗がりに浮かびあがった。天井には、およそ二百メートルごとに薄暗い蛍光管一本が下がる。ほかには、ほとんどなにも見えない。壁は、床や天井同様、多孔性の注入コンクリートからなる。等間隔でならぶ金属製支柱が施設の堅牢さを保証した。

ブルはつねにメンタル・バリアに集中した。カルタン人は、施設のすみずみまでテレパシーで探るだろう。そのさい、目だってはならない。さもなければ、数秒もたたないうちにシュプールをつかまれるだろう。

地図によれば、ここからあまり遠くない場所に分岐点がある。ブルは、左に向きなおった。そこまで数百メートルしかはなれていない。

「さしあたり、追っ手を振りきったようだ、エルスカルジ」ブルが話しかけた。「聞こえるか？」

数秒が経過した。

「送信機の前にいます」すると、ブルー族が甲高い声で応じた。「計測装置は、いまだに非常に増幅した活動をとらえています。これからどうするつもりですか？」

「まったく単純なこと……司令本部のデータ端末のひとつにどうにか接近しなければならない。いまのところ、うまくいきそうもないが。あまりに混乱しているから。運がよければ、騒ぎはまだしばらくつづくだろう。その間、わたしは工廠ホールにかくれ場を探すつもりだ。ひょっとしたらまる一日。カルタン人は、わたしが死んだと思うにちがいない」

「あなたの死体が見つからないでしょう」エルスカルジが考慮をうながす。

その点については、ブルも考えていた。

「たくさんのテレポーターが出動している。わたしは、どこか外で、つまりドームの外に横たわっているかもしれない。なんといっても、わたしは精神異常者だと思われている……だから、あらゆる可能性がありえるだろう」

「その計画は成功するでしょう」エルスカルジが認めた。「また連絡してください。ひょっとしたら、工廠ホールで興味深いニュースが見つかるかもしれません」

「了解だ」ブルは分岐点に到達した。そこでは、たくさんのせまい通廊と半ダースの拡張されたトンネルが交わる。カルタン人の姿はない。それでも、分岐点を横切るのはかなりの危険がともなう。ほかに選択肢はあるか？　いや、ない。ブルは自分にいいきかせた。せまい通廊のどれも、目的地には達しない。

駆け足で、薄暗がりから光のなかに出た。

トンネル出口のそばに路面電車のようなものがある。おそらく、ドーム間のすみやかな移動手段だろう。ブルは、これには見向きもせずに駆けぬけた。この手の移動手段は、おそらく警報を発するはず。まもなく、まばゆい光が、せまい通廊で見てきた薄暗がりに場所を譲った。さらに、壁には等間隔で暗いアルコーヴが口を開けている。その意味について考えてみたが、わからなかった。ひょっとしたら、静的緩衝ゾーンかもしれない。

推測によれば、もよりの工廠ドームまであと半分の距離といったところか。バイオ・マスクの足の部分は、長距離移動向きには設計されていない……それをブルはいま、不快に感じていた。歩く速度を落としてみる。短気は損気だ。

前方のどこか遠くで、突然、明るい光が燃えあがった。同時に、鈍い振動が耳に押しよせてくる。光はさらに大きくなり、騒音がましていく……ブルは悪態をつきながら、わきにジャンプした。数メートルはなれたところに、暗いアルコーヴが大きな口を開けている。かなり苦労して、変わりはてたからだをそのなかに押しこみ、動かずにいた。

機関車だ！　ブルは確信した。向こうからトンネルに沿ってやってくるのは、原始的牽引車にちがいない。けっして自分は見つかってはならない。光球がさらに近づいてくる……そしてそばを通過した。きっと、だれにも自分は見つからなかったはず。

安堵の息をつき、アルコーヴからトンネル内にもどる。

「かろうじて助かった」ブルはひとりごちた。さらに慎重にのこりの道程を進む。もうトンネルのまんなかを歩くわけにはいかない。つねに暗いアルコーヴに逃れられる範囲にとどまらなければ。

まもなく、道程の終わりが見えてきた。そこには、ひとつの分岐点もない。ただ、一連の貨物リフトと乗用リフトが上方に向かうだけ。小型機がわきに停められていた。そのすぐ奥には、ブルが主分岐点に達したさいに通ったような側道がつづく。

照らされた地面に慎重に近づいた。だれの姿もない。それを確信すると、ブルはふたたび、ほとんど足を引きずるような歩きかたになった。数秒もかからずに危険地帯を脱し、側廊のひとつを選ぶ。

「これから、最初の工廠ドームに入る」ブルはエルスカルジに向かって告げた。「それから……だが、待て！」緊張してトンネル内に耳を澄ませる。そこで会話する声が聞こえなかったか？「思うに、シュプールをつけられているようだ。ちょっと待ってくれ」

足音を立てずに、ブルは通廊入口にもどった。壁の角からのぞいてみると、自分の推測が肯定された。カルタン人五名の姿が見えたのだ。まだ三百メートルほどはなれているが、たちまち近づいてくる。どうやら、体温のシュプールをたどる装置を携帯しているようだ。

「赤外線シュプーラーだ。いまいましい！　どうやら、ありったけの知恵をしぼる必要がありそうだぞ、エルスカルジ」

「換言すれば、あなたのすばらしい計画が失敗したということですね？」

「そのとおりだ。それでも、わたしはなんとかするつもりだ、皿頭。それでも、わたしを待っていてくれ」

「心配無用ですとも。《ラヴリー・アンド・ブルー》は可能なかぎり、この場にとどまります。ところで、もっともひどい混乱はおさまりました」

ブルは、もうそれ以上待たなかった。カルタン人は、一分もしないうちにここに到達するだろう。ここでは、追っ手をだますチャンスはない。そもそも、いまやすべてがちがって見える。自分はもう、おちついて作戦行動に出ることも、情報入手に適した好機をうかがうこともできない。まったく逆だ……かれらは自分を狩り、一瞬たりともひと息つかせないだろう。

ボタンを押しこみ、側廊につながるところまでリフトを動かした。数秒後、地表の巨大ホールに足を踏みいれる。建物のかなりの経過年数をしめす徴候はなにもない。五万年は、けっしてあなどれるものではない。ブルがこれまで目にしてきた廃墟の年数は、せいぜいその半分だろう……もっとも、クマイの大気は浸食的物質をほとんどふくまないようだが。

耳をつんざくばかりの騒音だ。一ダースの巨大な金属柱がドーム屋根の下、高さ二百五十メートルまでのびる。どうやら、それらは多様な工廠施設の基礎を築くようだ。角ばった容器がある。ブルにはその用途がわからない。曲がりくねった生産ラインと修理ライン。ドーム中央には、カルタン人によってウムバリ級エンジンがすでに運びこまれていた。

まずは、リフトからはなれなければ。ブルは、さらに躊躇することなく、左に向かった。そこで、技師に遭遇しないよう望むしかない。チャンスは比較的ありそうだ。とどのつまり、ラオ＝シンの人員不足は知られているから。

百メートル進むと、交差点に到達。そこでは、幹線通路二本と整備トンネル四本がはしる。

片側から、カルタン人ふたりが近づいてくる。ブルは物陰に身をひそめた。ふたりは疑いもいだかずにそばを通りすぎ、交差点をわたると、べつべつの道に進んだ。数秒後、技師がひとり、かたわらを急いで通りすぎた。そのあとを半ダースのカルタン人がつづく。

すると、通路にだれもいなくなった。ブルは交差点に入って数秒間停止すると、ようやく反対側の整備トンネルを選んだ。ブルのすぐうしろで、ふたたび盛んな往来がはじまる。運がいい。技師たちの赤外線シュプールがブルのものと混ざり、追跡者を振りきれるだろう。

ブルは、右に向きなおった。カーブによって出発点まで連れもどされる前に、ひろい通路を二本横切る。安全距離からリフトを観察した。すると、ハッチがわきに吸いこまれ、カルタン人五名がホール内に入ってきた。ブルの体温シュプールを追ってきたようだ。遅くとも交差点で、困りはてるだろう。最悪の場合、ひとつひとつのシュプールを追わなければならないのだ……とうてい成功の見こみはない。

ブルは、追っ手の姿が見えなくなるまで待った。それから、リフトに足を踏みいれる。カルタン人はあらゆる可能性を追うだろう。ただ、自分たちのシュプールを引きかえすことだけはない。

「さしあたり、追っ手を振りきったようだ、エルスカルジ」ブルは伝えた。

「で、これからどうするので？」ブルー族が訊いた。「《ラヴリー・アンド・ブルー》にもどってきますか？」

「まだだ……ここであきらめたら、すべてがむだになる。いや、それでもわたしは当初の計画を実行するつもりだ。いいか。まず、わたしが工廠ドームで見つけたものをきみに話そう。いずれにせよ、われわれがいだいていた疑惑を肯定するものだ。カルタン人は、使いふるしの部品や装置から、あらたなウムバリ級を組み立てる。こうして、情報を三角座銀河に運びもどすのだ」

　ブルはふたたび、主分岐点につづくトンネルに曲がりながら、報告をつづけた。《ラヴリー・アンド・ブルー》の〝精神〟は、あらゆる言葉を分析し、盗聴される恐れのないプシ・コンタクトで《エクスプローラー》に転送するだろう。こんどは、路面電車に行く手をはばまれることもない。あらゆる慎重さはよけいなものとわかった。地図を一瞥し、どの側道がほかの工廠ドームにつづくかを調べる。

　ブルはまずそこで待ち、最終的にクマイの中枢ポジトロニクスを攻撃するつもりだ。成功するといいのだが。でなければ、カルタン人の謎は相《あ》いかわらず未解決のままとなるだろう。

6

ドリ・メイ＝ヘイが、異人の母船をとり逃がしたショックを克服したそのとき、次の悲報がとどいた。アームバンド通信装置で、患者の反乱について報告を受けたのだ。

「パラ露のしずくをひとつ、摂取しなさい！」庇護者は、隣りに立つ女に告げた。彼女はすぐれたテレポーターとして知られている。「司令本部にわたしを連れていくのだ、ただちに！」

ドリ・メイ＝ヘイは、一瞬で転送痛を押しのけた。ただちにあらゆる対策の調整をはかる。捕獲部隊を編制し、出動させなければならない。緊急用備蓄からパラ露が運ばれた。

「なにが起きたのか？」エスパー警察のリーダーに訊いてみる。「どうやって、患者たちはパラ露を入手したのか？」

「まだわかりません」相手は、驚くほど冷静に応じた。「ですが、それはわれわれにまかせてください。つきとめますから、庇護者」

ドリ・メイ＝ヘイは、現状はその言葉で満足した。この瞬間、なによりも被害を最小限にとどめることが先決だったから。

一時間後、事態が収束する。一名をのぞく患者全員を捕らえ、麻痺させることができた。ただ行方不明者の身元だけが、ドリ・メイ＝ヘイの頭痛の種となる。異人船からもどってきた三名のうちの唯一の生存者なのだ。なぜ、よりにもよって彼女なのか？　庇護者にはわからない。あのもとパラ露監視者がどのような超心理能力を持つのか、つきとめることすらできなかった。ひょっとしたら、テレポーターなのか。彼女の精神的混乱状態では、あっさり荒野にジャンプし、窒息死したかもしれない。

それでも庇護者は捜索部隊に命じ、行方不明者を赤外線シュプーラーで追跡させた。

「それがどうであれ」ドリ・メイ＝ヘイはつぶやいた。のちのち、すべてがわかるだろう。いまは、メイ・ラオ＝トゥオス、アリ・シン＝ガード、そしてとりわけミア・サン＝キョンに釈明しなければならない……やりたくてしかたがない任務というわけではないが。

もよりの会議室に向かう途中、ギング・リ＝ガードと出くわした。

「あなたを探していました、庇護者。数秒ほど時間をください」

「あとでだ、ギング・リ」と、応じた。「急いでいる」

「重要な話です」

ドリ・メイ＝ヘイは考えた。彼女はたしかに最悪のライバルだが、けっして理由もなく引きとめはしないだろう。

「いいだろう」庇護者は受け入れた。「話しなさい！」

「わたしの特殊能力のことですが。知覚能力の最下層域でなにかを感じたのです……それがなんであるかは、説明できません。ひょっとしたら、メッセージ、通信シグナル、あるいは偽装のたぐいかもしれません。ですが、それは七つのドームからくるものです」

「われわれ、ラオ＝シンはその周波数の通信シグナルを発信することはできない……あなたの思いちがいだ、ギング・リ＝ガード」

「わたしには、そうは思えません、庇護者」ギング・リ＝ガードは、ドリ・メイ＝ヘイが知るかぎり、はじめて悲しそうな目をしている。「あなたにお願いしなければなりません。わたしにさらに充分な量のパラ露を許可してください。ひょっとしたら、クマイに脅威をもたらす現象かもしれません。原因をつきとめないかぎり、すべてが危険にさらされる可能性があります」

「それには、どれくらい時間がかかるのか？」

「わかりません。最悪の場合、なにもできないでしょう」

ドリ・メイ＝ヘイは数秒ほど考え、決意した。

「しずくを摂取するがいい。たえず最新情報を知らせてくれ、ギング・リ＝ガード」

庇護者は考えこみながら、相手の姿を見送った。もっとも目下のところ、自分のおもな懸念はこれからの半時間にある。ミア・サン＝キョンとほかのふたりの庇護者がすでに待っていた。

＊

レジナルド・ブルは、ふたつめの工廠ドームに向かう途中、じゃまされることはなかった。こんどは、思いがけず路面電車がすぐわきを通過することもない。つねに暗いアルコーヴのそばからはなれないようにトンネルを進む。すでにそれが習慣となっていた。

実際、カルタン人の追っ手を振りきったのか？　ほとんどそう思えた。それでも、疑惑が頭をもたげる……これまでの長い人生において、好ましいとはいえないほど頻繁に予期せぬ出来ごとに見舞われてきた。とはいえ、おそらく捜索部隊はいまだ最初のドームをほっつきまわっているだろう。あのカルタン人五名は、シュプールというシュプールをどこまでもむだに追っているにちがいない。

トンネルのカーブを過ぎたところで、ようやく明るい光が見えた。わずか数秒後、詳細がわかる。この下の装置はすべて、第一ドーム内の対をなすものと同じだ。貨物リフトの前では、多数の路面電車が待機している。左手にはせまい通廊が数本のび、それぞれ、ドームの周辺装置の下までつづく。ブルは、おちついて地図を確認した。

中くらいの長さの通廊を選ぶ。慎重に二、三メートル進んだ。リフトは極力利用したくない。そのなかでは、だれかと出くわす危険を避けられないから。どうやら、側道によるまわり道をするカルタン人がひとりもいないようなのは、幸運といえるだろう。ひょっとしたら、側道は非常口としてのみ用意されたものなのか？

リフトは、ドーム最下層で停止していた。最初のときのように、いまもまただれもいないようだ。ただ作業音だけが耳に押しよせる。とはいえ、そこにはこの手の施設の典型的特徴があった。直接介入するには、巨大すぎるのだ。たとえなにが起きようとも、自動的に処理されるだろう。カルタン人の発展段階において、油にまみれた技師の姿は過去の遺物のようだ。

ブルは、マシンのジャングルを直進した。ここでもまた、半時間ほど前と同じような光景がひろがる。一ダースの巨大な金属柱がドーム屋根の下までそびえ、さまざまな階層を支えていた。ドーム中央には、カルタン人の建造方式による小型円盤船四隻が見える。そのうち二隻はたんに整備中だろう。ほかの二隻は、ちょうど外殻が完成したばかりのようだ。その金属骨格は色とりどりの継ぎはぎ細工のように見える……ブルはふたたび、ラオ＝シンの即興芸術に敬意をいだいた。

二千年前、われわれもまったく同じだった。ブルはもの悲しく思った。当時の状況が、それを強いたのだ。テラをとり巻く敵対的宇宙は異質で、日々変化していた……いまや、テラナーの大半は、豊かな人工パラダイスに住む。テラにはすでに、エスタルトゥ、紋章の門、あるいはネットウォーカーについて知る者がいるのだろうか？　そこではおそらく、ソト＝ティグ・イアンの本性さえはっきり認識されていないだろう。

「もう充分だ！」ブルはひとりごちた。自分自身もいま問題をかかえているのだ。

もちろん、実際に自分のシュプールが消えたとは信じていない。それゆえ、最初と同じ手順を踏んだ。往来の多い連絡通路に向かい、そこで二分間待つ。つづいて、通路中央にさっと移動した。体温シュプールをのこしながら数メートル歩き、最後にもよりの整備通路に曲がる。

十メートル前方、装置の陰から突然、カルタン人がひとり出てきた。ブルは身動きせずにその場にかたまる。その男……あるいは女なのか？……は、こちらに背を向けた。息をのんで次の数秒間を待つ。ここには、まったく逃れる手段がない……アルコーヴも張りだした台もない。思わず、さらにしっかりとパラライザーを握った。一技師の失踪は、もちろん注意をひくだろう。ひょっとしたら、捜索部隊のカルタン人が、それにより正しい結論を導きだすかもしれない。

ところが、危険は過ぎさった。

その技師は、正反対の方向に進んだのだ。肩ごしにうしろを一瞥することもなく。数秒後にはもう、ネコのようなしずかな足音が聞こえるだけだった。

　とうとう、周囲はしずまりかえった。通路をさらに分岐点まで進む。どうやら、このセクターのマシン・ブロックはリサイクル施設のようだ。さいわい、監視カメラはどこにもない。そうでなければ、ブルはとっくに失敗していただろう。およそ一時間後、ふたたび出発点にもどった。おちついて高台を見つけ、のぼった。そこからなら、リフト入口を楽に見張れるだろう。

　いまするべきは、待つことだ。時間は充分にある。

　さらに一時間が経過し、カルタン人ふたりがそれぞれリフトから降りてきた。これにはなんの意味もないにちがいない。それは明らかだ。ブルには、この種族メンバーをたがいに見わけることはできない。それでも、疑惑が湧いた。なぜ捜索部隊はこのように迅速に自分のシュプールをふたたび見つけることができたのか？　不安にかられ、メンタル封鎖を確認する。ブルの精神をテレパスに対して、いわば〝消す〟ものだ。問題ない……欠陥はなさそうだ。

　カルタン人ふたりは、ためらっているようだ。リフト入口に立ったまま、なにをするともなく、ただ待っている。階級章によればまだ下《した》っ端《ぱ》のようだ。ブルは一瞬、にやりとした。ひょっとしたら、ほんの数分だけさぼろうとしているのか。だが、すぐに思いなおす。その推測があたる見こみはほとんどない。ラオ＝シンは当然ながら、狂信者として通っている。ふたりのうちどちらも、さぼろうなどとは考えてもみないだろう。

「エルスカルジ？」

「はい？」ただちに応答がある。どうやら、ブルー族はプシ通信装置につきっきりでいるようだ。ブルは知っていた。そうしなくとも、《ラヴリー・アンド・ブルー》の〝精神〟は船内のどこであれ、かれのために音響サーボを投影できる。

「聞いてくれ。おそらく、わたしのシュプールがふたたび見つかったようだ」

「さしあたり、追っ手を振りきった。先ほど、そういっていませんでしたか？」

「もちろんだ！」ブルはがまんしきれずにさえぎった。「だが、ここにカルタン人ふたりがあらわれ、目の前のリフト入口が封鎖された。たしかに偶然かもしれないが、非常にいやな予感がしてならない……カルタン人は抜けめないからな。さて、本題にもどろう。実際にわたしのシュプールが見つかったなら、計画全体がふたたびひっくり返る。そうなれば、もうスパイ活動は役にたたない。とはいえ、すくなくとも《ラヴリー・アンド・ブルー》までぶじにもどらなければ。そして、このドームを出られなければ、それすら危険にさらされるように思える……わたしの正確な現在地がわかるか？」

「おそらく」ブルー族が甲高い声をあげた。「待ってください……船まで六キロメートルのところです。さらに詳細情報が必要でしょうか？」

「いや、充分だ。いざという場合、外に出る最短路を探す。屋外では、わずか数秒しか生きられないだろう。それゆえ、船の〝精神〟に通常プログラミングを計算させ、きみはそれにしたがうのだ、エルスカルジ。《ラヴリー・アンド・ブルー》をわたしの屋外への脱出がはじまるまでにできるだけ近づけておくことが重要だ。きみは、牽引ビームでわたしをとらえてくれ。それから、惑星をはなれよう」

「それほどうまくいくでしょうか？」

ブルは、すげない返答をこらえた。緊張がブルを苦しめる。

「いまはまだ、それほどうまくいかないかもしれない。それゆえ、正確な計算が前もって必要なのだ、友よ。いまのところ、それがすべてだ」

ブルはふたたび、あらゆる注意をカルタン人ふたりに向けた。両者のどちらも、まだリフトの前から動かない。まるでこの場所で待機するよう、命令を受けたかのようだ。

「ならば、いまではない」ブルは、ブルー族が聞きとれないほど、小声でつぶやいた。

では、いまなにをすべきか？　まず、完全に計画にしたがい、待機することに決めた。

実際、カルタン人が無害であるなら、待機が可能だ。そうでなければ、中央分岐点につづくトンネルもまた封鎖されているだろう。その場合、エルスカルジの介入を信じるほかない。

半時間が経過。

すると、リフトのドアがふたたび開き、ホールにさらに三名のカルタン人が入ってきた。これが捜索部隊のメンバーなのは、疑う余地がない。女は、シュプーラーを手にしている。

「彼女はここにいたわけだ」男が告げた。つづく言葉は、ホール奥から聞こえてくる騒音にかき消され、ブルの耳にはとどかない。

　あとから到着したカルタン人三名は、数秒後、その場をはなれていった。そのうちのひとりが、通信装置を手にとる。どうやら、指示を出しているようだ。ブルには、それがなにを意味するか、想像がついた。自分がこのドーム内にいるのは疑う余地なしとみなされたのだ。すべての出入口が封鎖されるだろう。そのあとは、組織的に捜索するだけでいい。

「エルスカルジ？」

「聞いています」

「恐れていたとおりになった。かれらは、捜索対象がそばにいると知っている。おそらく、わたしが心神喪失状態だとはもう思っていないだろう。外に出る方法を探さなければ……そうしたら、きみと《ラヴリー・アンド・ブルー》の出番だ」

「〝精神〟は、われわれの成功の見こみをわずか六十パーセントとみなしました」ブルー族が告げた。そのほとんど裏返った鋭い声からわかる。友は心配しているのだ。「そもそも、出口が見つかるという前提ですが」

ブルは一瞬、黙った。

「なぜ、そのような悪い数値になるのか？」と、訊いてみる。

「まったくかんたんです……牽引ビームが正確にあなたをとらえられなければ、あなたは死ぬ。あるいは、カルタン人が地上からわれわれを撃てば、ふたりとも死ぬからです」

「作戦がある。かなり成功の見こみが望めるものだ」

「どのような作戦ですか？」エルスカルジがあわてて訊いた。

「おちつくのだ。まだ、そのときではない」

ブルは会話を終えると、ドーム中央に向かう道を確認した。パラライザーでリフト前の見張りは排除できたものの、定期パトロールに用心する必要があった。遭遇すれば、遅くとも分岐点に到達する前に捕まるだろう。ブルがふたたび足を踏み入れるには、道のりはあまりに遠く、見通しがききすぎる。

二十メートルほどの高さの、重なりあったコンヴァーター・ブロックが、次の数分間、充分な掩体《えんたい》を提供した。ブルは、念入りに地図を調べた。ぜんぶで七台のサブ・リフトがある。ドーム床面に不規則にならび、地下のトンネルシステムにつながっていた。そのいずれも役にたちそうもない。ブルが必要とするような非常口は地図上に見あたらなかった。つまり、自分の機知にたよらなければならないわけだ……風変わりな構造体に接した経験は充分にある。

おそらく、ドーム内壁を支える金属柱そばに、ちいさな人員用エアロックがあるだろう。ひょっとしたら、そこには呼吸装置さえあるかもしれない……ブルは動きだした。

まずは、曲がりくねった通廊に狙いを定める。さいわい、二十メートル圏内に技師の姿はまったくない。実際、十分もしないうちにこの場所に期待したものを発見した。色とりどりのコントラストでかたちづくられたちいさな長方形が、グレイの背景資材にきわだつ。

ブルは不安に駆られ、待つことにした。この光景は完全にしずかに見える。やがてブルの視線は、待機するカルタン人ふたりに注がれた。マシン・ブロックの陰で、床にしゃがみこんでいる。どうやら、待ちぶせしているようだ。

見張りにちがいない。ほかの可能性はなさそうだ。ブルはひかえめに悪態をつき、ちょうど出ていこうとしていた整備通路に這うようにもどった。思いちがいか？　現在、急ぎの作業がない、あるいはさぼっているだけのただの技師か？　それはありえる。それでも、これをあてにするわけにはいかない。これまでと似たような方法で、次のターゲットに向かう。そこにもまた、見張りがふたりいた……かれらもまた、目だたないように装置の陰にしゃがみこんでいる。

これ以上、悪い状況にはならないだろう。診療所の混乱が収拾されたいま、手のあいている人員の大部分がブルの捜索にあたっているはず。思考探知が一瞬、精神に触れた。それは、まるでブルが存在しないかのごとく、頭上を通りすぎていく。確信した。メンタル・バリアがなければ、数秒もしないうちに見つかっていたにちがいない。

五十メートルも進まないうちに、ひろびろとした空間に出た。ブルは一瞬、動きをとめた。このように空間を浪費することに明白な理由が見あたらない。追加の保管場所なのか？　だが、それはどうでもいいこと。ブルはそう考えた。ところが数秒後、シュプーラーを手にした女カルタン人三名が出現。空間の中央で立ちどまり、なにもせずに待っている。当初ブルは、かれらが自分のシュプールを見失ったと思い、満足だった。ところが、ふたたび不安に駆られる。この女たちは、ここでなにをするつもりなのか？

ほんの数分しか、待つ必要はなかった。二ダース以上のヒューマノイドのネコ型生物がそこの下に集まってきたから。捜索部隊のリーダーが小声でなにやら話している。ブルにはひとこともわからなかった。最後に、リーダーはそこに集まった仲間ひとりひとりをわきに連れだすと、いくつか言葉をかけ、腕で方向をしめした。さらなる質問をすることなく、全員が消えた。もちろん、じっくり検討された計画があるにちがいない。これらの人員投入のすべてが、自分を捕らえるためのものではないかとブルは危惧した。

まもなく、かれらの計画の概要が明らかとなった。ドームを貫く主通廊は十五本より多くはない。そのすべてが容易に見わたせ、おおかたまっすぐだ。ブルの現在地から見える通廊の入口がすべてふさがれた。そこを見張るカルタン人が気をそらされることは、一秒たりともないだろう。つまり、ここから百メートル以上移動しようとすれば、いやおうなしに注意をひくにちがいない。

「さてと、困ったことになったぞ」ブルはつぶやいた。当面、待機するほかに、どのような選択肢がのこされているのか？　とどのつまり、偶然だけがさらなるたよりだ。当初の目的はとうに見失っていた。可能なかぎりじゃまされずに《ラヴリー・アンド・ブルー》にもどり、クマイを離脱したい。もちろん……はじめから危険は承知していたものの、これまで収集できた情報はあまりにわずかに思えた。

一時間が経過したが、なにも起こらない。ブルは推測した。すでにセクターというセクターが捜索されたにちがいない。カルタン人は通廊だけを封鎖し、さらに整備通路を徹底的に調べるだろう。ブルが現在いるこのセクターに安全なかくれ場は見つからない。ここにあるのは、入り組んだ装置の隙間だけ。捜索部隊が見すごす可能性のあるものはなにもない。

用心のため、もよりの通廊のはずれに向かう。五十メートルもはなれていないところに、歩哨がひとり立っていた。男あるいは女カルタン人は、慎重に管轄区域に目を光らせている。チャンスはひとつだけ。捜索部隊が捜索を開始した瞬間、通廊の反対側にジャンプするしかない。

計画をさらに進めるには、もう時間がなかった。

右側から、カルタン人二十名が出現し、この区域のセクションに沿って散開する。ブルは、手近なマシン・ブロックをよじのぼった。下から、熱と振動を感じる……とはいえ、この瞬間、それはほとんど気にならない。もよりの女カルタン人までは、五メートルとはなれていない。ブルはわかっていた。彼女がおざなりではないテストをしたら、数秒もしないうちに見つかってしまうだろう。

小声の命令を受け、そのカルタン人は整備通路に足を踏み入れた。ブルは同時にジャンプした。音を立てずに着地し、反対側に急ぐ。次の一歩で隣接セクターの陰に消えた。左足の腫瘍《しゆよう》のせいで一瞬つまずくが、通廊監視者の目には、ブルの姿はすでに見えなくなっていた。

ほっとする……ところが、安心するには早すぎた。たちまち、そうとわかる。見張りのネコのような敏感な聴力をあなどっていた。

「ここに、彼女はいるはず！」そう聞こえた。「一刻もむだにするな！」

この言葉のあとの静けさは、一秒もつづかなかった。すると、せわしない足音があらゆる方向から近づいてくるのが聞こえる。ブルは巨大なマシン・ブロックのまわりで二、三回方向転換する。こうして短時間、追跡者の目を逃れた。さいわい、ここから側道がのびる。曲がりくねった、見通しのきかない区間と長い通廊がつづいた。すでにカルタン人の足音が聞こえる。それでも、この通廊に決めた。追跡者はいまだに、腫瘍にむしばまれ、干からびた患者の姿を頭に描いているかもしれない。逃亡者が長いあいだ全力疾走できるとは思わないだろう。

ブルは全力をつくした。必死にジャンプし、もよりの壁に衝突する。さらに走り、手遅れにならないうちに姿を消した。ほっとして、確信する。追跡者であるテレポーターはどうやら、パラ露のしずくをもう手にしていないようだ。さもなければ、とうに行く手をはばまれていただろう。

立ちどまることは許されない。追跡者の大半は、見通しのきかない整備通路を追っているだろう……それでも、疑り深い数名はすぐうしろにいるかもしれない。ブルはひたすらもよりの側道を目ざした。はるか後方から、騒音がする。左右どちら側からも。こちらの策略にもかかわらず、かれらはいつでもブルを捕らえることができるわけだ。十メートル進むと、巨大な桶が出現。ブルは思った。リサイクル・システムに関するものだろう。即断し、パラライザーをそこに投げ入れる。最悪の場合、武器はただブルの素性を明かすだけだから。いまとなっては、武器ももう役にたたない。

数メートル前方で、技師二名が出現した。ブルはわかった。ふたりとも作戦行動の背景を知らされていないようだ。すくなくとも、その興味津々《きょうみしんしん》な態度でそうとわかる。ブルはからだをせまいアルコーヴ深くに押しこみ、ふたりが通りすぎるのを待った。ところが、この遅れが致命的だったと判明する。このとき、前方からも騒音が耳に押しよせてきた。カルタン人は、すばやく円を形成し、ブルを包囲したのだ。

ブルは悪態をついた。呼吸が通常の倍の速さになる。

「どうしました？」エルスカルジが訊いた。「なぜ、もうなにもいわないのです？」

「窮地にあるのだ！」ブルは、かろうじて応じた。「当面、もうじゃましないでくれ、わかったか？」

無理やり冷静になり、周囲を見まわした。カルタン人の手をもう一度、逃れる方法はあるか？　いたるところで、ネコ型ヒューマノイドがふたたび捜索を開始していた。ブルは文字どおり、かれらがつねに近づいてくるのを感じた。まもなく、自分は捕まるだろう。わきには逃れられない。それはたしかだ。地面に空洞はありそうもない。つまり、のこるはマシンの上しかない！

即決し、ブルは手近な装置を目ざした。三、四度、細かくジグザグを描くように楽々と登り、上部の、軽く曲がった化粧板の上に横たわる。

運が味方した。ごく近くでベルトコンベアが動いているのが見える。長いレバーアームで重い荷物をつかむと、ベルトコンベアがそれを受け入れ装置まで運ぶ。そこでなにが起きているかは、おぼろげにしかわからない。それでも、突然に訪れたチャンスだとわかる。ブルはとなりのマシン・ブロックに跳びうつった。衝撃はおだやかではないものの、かろうじてバランスをたもつ。

ちょうど真上にベルトコンベアがはしる。どうやって、五メートル上まで到達できるというのか？　ひょっとしたら、もう数秒しか猶予がないかもしれない……ところが、ここでも解決策が見つかった。ごく近くで、レバーアームが人の身長くらいの円錐形装置をつかむのが見える。装置の下端には、手すりのような突起があった。

ブルは、タイミングをはかった。いまだ！　膝を屈伸させ、全力で上に向かってジャンプした。指先で、円錐形装置の下端をとらえる。そこにしがみつき、確実な手がかりを見つけた。そのまま、上昇角二十度で滑るように運ばれていく。眼下を整備通路がゆっくりと通りすぎる。ブルの姿は何度か、捜索部隊の視界に入っただろう……それでも、女カルタン人のだれも見あげるようすはない。

受け入れ装置が近づいてくる。でこぼこの板金のような物質でできた角ばった漏斗《ろうと》だ。装置の上で、荷物は解放され、漏斗内に運ばれる。そこまでは、下側から推測できた。そこまできたら、ブルはほとんど手をはなすつもりだった。漏斗内は空洞だ。〝ごみ破砕機〟の上端だろう。暗い開口部から入ってくる〝ごみ〟を、金属プレス機が有効活用できそうな正方形に加工するわけだ。

自動メカニズムが円錐形装置をはなした。ブルは両脚を引きつけ、全力で跳びあがる。そのさい、漏斗の縁からわずか一メートル上方にぶら下がったことが役にたった。片手で縁をとらえ、殺人的衝撃にもかかわらず、しっかりとこれをつかむ。さいわい、振り落とされずにすんだ……体重のほとんどを傾斜する板金壁にかけ、足先でざらざらした土台に足場を探る。もう片方の手も同様に漏斗の縁をつかんだ。

ブルは、ほとんど確信した。カルタン人は、こちらの動きにまったく気づいていないはず。慎重に、縁の上から顔をのぞかせてみる。十メートル向こうで女カルタン人ひとりが見張りに立っていた。だが、自分は通廊の反対側にいる。捜索部隊は、隣接するセクターを引きつづき、徹底的に探すだろう。ただの偶然がブルにいま、さらに身をかくすチャンスをもたらした。ひょっとしたら、司令部のリーダーはかれが……あるいは、彼女といったほうがいいだろう。ブルは女エスパーの役を演じているのだから……まだパラ露を所持しているという結論に達したかもしれない……

漏斗の見張られていない側に整備用の梯子《はしご》がある。ブルはいささか苦労してぶらさがりながらそちらに向かって移動し、突きでたハンドルをつかむと、音を立てずに梯子の最上段までのぼった。数秒後、ブルはそこから床に降りた。これからどうするべきか？

細心の注意をはらって、このドーム・セクターを調べてみることにした。基本的に、状況はこれまでとほとんど変わらない。カルタン人は、もう一度すべてのプロセスをくりかえすだけでいい。そうすれば、ターゲットを捕らえられるだろう。自分はただ、時間稼ぎをしたにすぎない。

ブルは、ドーム中枢のもよりの整備通路を選んだ。機体の正面から両側面にかけては、亀裂の入った岩壁のように見える。突然、頭上およそ三十メートルの高さで金属的な光をはなつ扇形物体に気づいた。その物体は、まるで雑に貼りあわされた継ぎはぎ細工のように見える。ブルは、このドームで整備中の、あるいは組み立て中の円盤船四隻のうちの一隻の下にいた。ここにチャンスはあるのか？　船内にもぐりこみ、捜索部隊を最終的に逃れることができるのか？

慎重に、さらに数メートル進んだ。ここにもまた、見張りがいるにちがいない。ブルは、ホールのはしに到達した。そこでは、宇宙船から床まで反重力チューブがのびたままだ。実際、歩哨がふたり立っていた。物陰という物陰に目を光らせているようだ……思わず、ブルは頭を引っこめ、数センチメートルほど後退した。

「そうもいかないだろう」ブルは、思わずカルタン語でつぶやいた。

「もちろん、そうはいかない」

ブルはほとんど死ぬほど驚き、振りむいた。

目の前に、腰の曲がった小柄な男カルタン人が立っている。

「恐がらなくていい」高齢者はおだやかに告げた。「あなたになにもするつもりはない。ただ手を貸したいだけだ……」その視線が歩哨にうつった。「助けが必要だろう？」

7

ドリ・メイ＝ヘイはほっとした。ほかの庇護者三名にかならずしもはげしく責めたてられなかったから。ここ数日の不可解な事件の真相を解く鍵は、どこにあるのか？　ギャラクティカーの出現とともにはじまったのではなかったか？　そうかもしれない。とはいえ、すでに大型母船《エクスプローラー》は撤退した。小型搭載艇だけがまだクマイをはなれない。もっとも、宇宙港の監視部隊はそのまま待機させている。船内の唯一の異生物が損害をあたえれば、かならず自分の耳に入るだろう。

だが、ギャラクティカーのせいでなければ、どういうことか？　ドリ・メイ＝ヘイは、とほうに暮れ、頸筋の毛をなでた。惑星カルタンの高位女性は、たしかに理由もなく、一ラオ＝シン基地の庇護者としてわたしを指名したわけではない。自分にはその能力があった……それについては、いまも疑いの余地はない。自信喪失は、この瞬間、もっとも役にたたないものだ。

「庇護者？」

ドリ・メイ＝ヘイは、思考を中断させられていささか不機嫌になりつつ、顔をあげた。

「脱走した患者のニュースがあります」

「こちらへ！」ずっと愛想よく、報告に耳をかたむけた。なんといっても、つねに最新情報を知らせるように命じたのは、自分自身なのだから。どうやら、捜索部隊は成功をおさめたようだ。すくなくとも患者がどこにいるか、おおむね把握し、すでに包囲したという。

ここで、ドリ・メイ＝ヘイみずから介入すべき理由は見つからない。エスパー警察は信用できる。当初は、捜索部隊にパラ露の備蓄をあたえるべきか、考えたもの。だが、その後、赤外線シュプールが見つかった……そしてドリ・メイ＝ヘイは、患者にはテレポーテーションによる移動は不可能だと結論づけた。多少辛抱すれば、パラ露なしでも患者は追跡者の網にかかるだろう。プシコゴンは、あまりに貴重すぎる。

「庇護者……」

その声の響きに、思わず頸筋の毛が逆立ちそうになる。それでもこれに抗《あらが》った。あらゆる本能的反応は、脆弱さのしるしも同然だ。

「なんだ、ギング・リ＝ガード？　あなたが探そうとしたものが見つかったのか？」

「そうかもしれません、庇護者。自信はありませんが。インパルス流を追跡するのは、非常に困難です。何度もシグナルは完全に消え……ふたたびあらわれるまで、待たなければなりません」

「〝シグナル〟だと？」ドリ・メイ＝ヘイが強調するようにくりかえした。ギング・リ＝ガードを探るように見つめる……いや、自分が前面にしゃしゃりでるための策略ではなさそうだ。「それが〝シグナル〟だと、確信したのか？　低周波プシオン・スペクトルにおけるインパルス。送信者、受信者をともなう、意味内容のあるものだと？」

ギング・リ＝ガードは身もだえした。まるで、この会話が彼女にとり非常にばつが悪いものだといわんばかりに。「わたしの能力の限界を正確にご存じのはず、庇護者」相手は、失礼にあたらない限界ですげなく応じた。「いいえ、確信したわけではありません。とりわけ、考えうる受信者に関するあらゆる手がかりが欠けているのです」

「で、〝送信者〟は？　どこにいるのだ？」

「まさにそれなのです。わたしがことごとく誤っていなければ、その者は工廠ドームBにいます」

「そこには、例の患者もいるわけだ……」ドリ・メイ＝ヘイはつぶやいた。

「そういうことです、庇護者」

捜索部隊にパラ露をまったく許可しなかったことを後悔する。いやな予感にとらわれた。ふたたび、失敗したならば？　こんどはどのように、メイ・ラオ＝トゥオス、アリ・シン＝ガード、そしてとりわけフベイのミア・サン＝キョンに申しひらきをすればばいいのか？　いざとなれば、あの三名にもまた人事権があるのだ。それゆえ、よりによってわがライバルのおかげで、喫緊《きっきん》に自分が必要とする成功に近づけるとは、いささか皮肉だった。

ドリ・メイ＝ヘイは一瞬、緊張を解いた。弱々しくほほえみ、両腕をおろす。積年の重圧が手足にあふれた。それでも、わずか一秒ほどで……庇護者は意を決し、立ちあがる。

「庇護者？」

ギング・リ＝ガードが、問うように見つめた。

「同行してもらいたい。ドームBに向かう。パラ露を摂取するように、ギング・リ。なにが起きるか、わからないからな」

ドリ・メイ＝ヘイは、ある疑惑をいだいた。はじめからギング・リは、あの患者がどこかおかしいと感じていたのではないか？　その手がかりはたくさんあったはず。まず、あの患者が唯一の生存者だということ。そして、医療部における大混乱、病棟の火事、当初はシュプールもつかめなかったあの患者の失踪……すべての徴候が、彼女がけっして正気を失ってはいないとしめしている。捜索部隊がほとんどからぶりに終わるところだった工廠ドームAにおけるトリックは、反対に非常に活発な精神活動を示唆する。

だが、そこにトリックなどまったくひそんでいないとしたら？　捜索部隊のリーダーがただ自分の失敗を体裁よく見せようとしただけだとしたら？　だが、そうではない。ドリ・メイ＝ヘイは思った。それは不可能だ。おまけに、自分のエスパーたちを疑うことなど許されない。

「ふたたび、感じます」ギング・リ＝ガードがささやいた。通廊のまんなかに立ったまま、パラ露のしずくひと粒を開いたてのひらの上にのせ、転がらないようバランスをとっている。「厳密に説明するのはむずかしすぎて……すべてが、既知のものとはまったくちがうのです」

「シグナルは、いまもなおドームBからくるのか？」

「はい……そう思います」

「ならば、可及的すみやかに向かわなければ。行こう、ギング・リ！」

ドリ・メイ＝ヘイは先に立って急いだ。ライバルがうしろにつづく。手近なリフトが下の分岐点までふたりを運んだ。そこで輸送カプセルに乗りかえる。ドームBまでの距離は急速に縮まった。いくつかの輸送カプセルには、加速圧吸収装置が備わっている……たとえ、それがこの機体にとり重要ではないとしても。突然、感じとれる衝撃もなくカプセルは減速し、停止すると、カルタン人ふたりをドームにつづく中央リフトの前で降ろした。

ドリ・メイ＝ヘイは、副官を急かした。いやな予感にとらわれる。「まだ、それを感じるのか?」と、訊いてみた。

ギング・リ＝ガードは、半分消費されたしずくをてのひらの上で固定した。「いいえ。消えました。それでも、ふたたびはじまるかもしれません」

「だといいのだが」庇護者がつぶやいた。リフトがこれほどのろく思えたのは、はじめてだ。とはいえ、反重力シャフトやその手の贅沢品のための物資は、クマイにはもうのこっていない。ようやく、ドアがわきにすべり、ふたりをホール内に通した。

近くに歩哨がひとり立っていた。男だ。一瞬こちらを振りむいたが、すぐにふたたび注意をドーム内に集中させている。

「例の患者は、どこだ?」ドリ・メイ＝ヘイは訊いた。その声は、思いのほかそっけなく聞こえた。

歩哨は略語名でセクターの名前を告げ、道をしめした。

「まもなく捕まるでしょう、庇護者」

ドリ・メイ＝ヘイは返事をせずに、先に進んだ。この男のいうとおりだといいのだが……このところの失望は、本当にもう充分だ。副官はいまも、すぐうしろにぴったりくっついている。ホールの当該セクターでは、混乱が支配していた。多くのカルタン人がすばやく動きまわるのが見える。ときおり、マシンの迷路から叫び声が押しよせた。

「なにがあったのか?」庇護者は、通廊に出てきた手近なエスパーに訊いた。

「まもなく、捕まるでしょう！」女は、興奮したようすで息を吐いた。「当初、その患者は追っ手を逃れようとしましたが、われわれのシステムが真価を発揮しました。彼女にもうチャンスはありません」

ドリ・メイ＝ヘイは、その場で待つことに決めた。安易に決定したわけではないが、自分にいい聞かせる。みずから出動したところで、いまはなにもできないだろう。

「ギング・リ＝ガード？」

「はい、庇護者？……ああ……」副官はふたたびパラ露のしずくに集中する。「いえ、なにも感じません。ここらあたりなのですが。それはたしかです」

マシンのあいだの混乱が徐々にしずまっていく。次々と、エスパー警察のメンバーが通廊に出てきた。最後に、部隊のリーダーが姿を見せる。ドリ・メイ＝ヘイは、五十メートル先のその顔を見て、失敗したとわかった。自分はうすうす、そうなるとわかっていたのではないか？

ようやく、ここを管轄するエスパー警察こと〝エスポ〟のリーダーは、庇護者とその副官の存在に気づいたようだ。

「わたしには理解できません」小柄な女が報告する。ドリ・メイ＝ヘイは、そのきわめてすぐれたテレパシー能力により、彼女を高く評価していた。「パラ露があれば、成功の公算は大きかったでしょう……」

庇護者は、これがいやみだとよくわかった。

「一患者を捕まえるために、パラ露が必要だというのか？」

「あれは、けっしてふつうの患者ではありません」

ドリ・メイ＝ヘイは内心、彼女のいうとおりだと思った。それでも……自分の権威のためには、それを認めるわけにはいかない。

「当面、あなたを任務から解く。最終的に事態が明確になるまで、部隊の指揮は代理に引き継がせよう」

相手はかたく唇を堅く結び、歯で返事をかみ砕くと、背を向けた。ドリ・メイ＝ヘイは、ほとんど彼女に同情した。このきびしい処置が適切かどうかは、のちに明らかになるだろう。だが、それまでにすべきことはたくさんある。

「ギング・リ＝ガード、さらにシグナルを追うのだ。成功したら、ただちに教えてもらいたい。さらに、エスポにもこれからパラ露を持たせる。それも、あなたにまかせよう」

自分自身には、バンセジ、シャレジ、フベイの庇護者たちとのさらなる会議がさし迫っている。すでに、それを恐れていた。

＊

レジナルド・ブルは、いまだに老齢の男カルタン人を金縛りにあったように、じっと見つめたままでいた。この瞬間も、相手が助け、あるいは支援を呼ぶ声が聞こえるかもしれない。ところが、そのたぐいのことはいっさい起こらない。テラナーの緊張は、わずかにゆるんだ。なんといっても、この男はブルを助けたいといったのだから。

「わたしの名は、コル・チュ＝ヘイ……きみは捜索中の患者だね？」

高齢者の目は、ほとんどやさしいといっていい。カルタン人本来の、ただ表面的に抑制されている野性は、この男にはほとんど失われていた。ところどころ、白髪が体毛に混じる。白いコンビネーションはすり切れ、ズボンのベルトには時代遅れの道具が押しこまれていた。

ブルは、いまだになにもいわない。それでも、コル・チュ＝ヘイがこちらの正体を見抜くことはけっしてないと、わかっていた。ブルはここに、助けが必要なエスパー患者としてもぐりこんだ。相手には、まだそのように見えるようだ。だが、この男カルタン人がブルの表向きの状況についてなにを知るというのか？　ひょっとしたら、まったくなにも知らないかもしれない。

「おちつくのだ……きみがなぜ逃げているのか知っているとも。かれらはきみを涙ネットにもどすつもりなのだな？　だが、心配はいらない。かれらにそれはできない。わたしが阻止するから。きみたち女性の何人かは、多くの苦痛をこうむっている。だれもそもそもその理由を知らない……だが、もう、それはきみにとって終わったのだ」

ブルは、年老いた男カルタン人の目にはっきり浮かぶ同情に気づいた。たしかに、相手の親切心につけいるのは気が進まないものの、ほかに選択肢はない。

「あなたは、本当にわたしを助けることができるのか？」それゆえ、しわがれた声で応じた。ブルが突然、意味深長な言葉を話しだしたことが過ちでないといいのだが。いや、だいじょうぶだ。男カルタン人は、超能力においてとりわけ恵まれているわけではない。だれも、コル・チュ＝ヘイに《ラヴリー・アンド・ブルー》について、そしてエスパーに関する取引について告げていないはず。この男にとってブルは、絶望のあまり逃げだしたパラ露監視者にすぎないのだ。

「できるとも」コル・チュ＝ヘイが応じた。「聞こえるか？　かれらはすでにそこまできている……」男はそう告げ、ブルの腕をつかむと、気づかうように支えながら、もよりのマシン・ブロックの目だたない人員用エアロックをひたすらめざした。エアロックを？　ブルは驚いた。実際……思いちがいではなさそうだ。

「ここで追っ手をまく。それから、どうやってきみをさらに助けることができるか、いっしょに考えてみよう」

コル・チュ＝ヘイは、コードキイで両開きハッチを横にすべらせた。その奥に、封鎖された整備通路が見える。男カルタン人と偽装したブルの背後で、開口部が閉じた。ふたりは、ブルの見ための状態を考慮し、慎重に手探りしながら通廊を進んだ。数メートルごとに、薄暗い照明がかろうじて壁を照らす。

「ここは、非常用換気シャフトだ」コル・チュ＝ヘイが説明した。「この存在を知るのは、わたしのような人生の大半をこのドームですごした者だけ。数カ月ごとにカルタンからやってきて、すべてをひっくり返そうとするあれらの新兵は知らん……」

出発してほぼ半時間が経過した。その間もコル・チュ＝ヘイは、病気とおぼしきエスパーの体調について何度もたずねてくる。ブルはそのたびに、歯の隙間から不明瞭な言葉をいくつか発した。ヴォコーダーがそこから歯擦音《しさつおん》を形成する。どうやら、援助者はこれに満足したようだ。

実際、自分はいまのところ、窮地を脱したのか？　ブルはまだ疑っていた。最後に失敗したあと、追跡者はきっとパラ露を身につけたはず。そうしたところで、たしかにブルの心の奥底は見抜けない。だが、おそらくコル・チュ＝ヘイについては可能だ。一方で、そうする理由はけっしてない。女カルタン人のほとんど尊大ともいえる態度を見るかぎり、〝裏切り者〟がいるとは考えてもみないだろう。いずれにせよ、コル・チュ＝ヘイは、ただ無知なゆえに彼女たちに対抗しているわけだ。

「ここなら、しばらくとどまることが可能だろう」コル・チュ＝ヘイが断言し、ブルの肩をつかむと、やさしく床に横たえた。「きみは休まなければ。ひょっとしたら、自分がどれほどひどい状態に見えるかさえ、わかっていないのだろうな……もう、きみは逃げおおせた。あとは、長居できる場所を見つけないと」

ブルは決心した。ここからはイニシアティヴを引きつぐことにしよう。実際、コル・チュ＝ヘイはとりたてて活動的というわけではなさそうだ。相手の同情心を利用し、重病のエスパーのふりを慎重につづけなければ。

「ここはどこだ、老人?」ブルは訊いた。「工廠から遠くはなれなければ。さもないと……」

「心配無用だ」コル・チュ＝ヘイがなだめようとする。「ここは、中央ドームにほど近い。だれも、ここにはきみを探しにこないだろう」

ブルは、悲痛な叫び声をいくつかあげた。

「涙ネットにもどらなければ」ブルは高齢者が充分に理解できるほど大声でいった。とはいえ、そもそもその怪しげなネットがなんであるかさえ知らない。ひょっとしたら、これからわかるかもしれない。まったく突然、そこにいたる道が開けたのだ。

「わたしがきみをかくまうとも、哀れな女よ」

「いいえ……いいえ」ブルがつかえながらいう。「わたしには治療が必要だ……薬剤を……」

「それは、わたしには用意できないもの」コル・チュ＝ヘイがすまなそうにいった。ブルにはわかる。この男カルタン人はこれまで、薬剤について考えもしなかったのだろう。

「方法はただひとつだけある、コル・チュ＝ヘイ」ブルは、見かけの弱々しさをよそおった。やっとのことでからだを起こし、援助者を見つめる。「わたしのために、中央コンピュータの端末へのアクセス権を入手してもらえないか。そうすれば、わたしは自分の医療データを操作できる。偽った診断結果を実際のものとさし替えるつもりだ。あなたにも、わたしがまもなく死ぬのはわかるな、コル・チュ＝ヘイ？」

「きみは死なない……気をしっかり持つのだ！」

「いや」ブルが応じる。「わたしの状態がわかるな」そこで間を置くと、あからさまにくずおれてみせた。「データを改竄《かいざん》できなければ、悲惨な最期が待ちうけるだけだ」

「で、成功したならば？」コル・チュ＝ヘイが、おずおずと訊いた。このような状態のエスパーがもう明瞭に思考できるはずがないことを忘れているようだ。これには、カルタン人社会の不公平さが反映されている。あらゆる論理の限界を超えて、根本的に男性は女性の優位を認めなければならないのだ。

「わたしを端末まで連れていったら、あなたは自分の身の安全を考えるのだ、コル・チュ＝ヘイ。わたしひとりでも、自分が病気であることをコンピュータに納得させられるから。そうしたら、投降するつもりだ。かれらは、脱走の辛労に疲れはてたわたしを再検査しなければならない。そうなれば、おのずと結果もちがってくるはず……わたしは最後の数週間を病院区域ですごすことになるだろう。涙ネットではでなく……」

「ではよかろう」高齢者は躊躇しながら答えた。「やってみてもいい。だが……きみが成功しなかったら、どうなる？　その先は、どうすればいいのだ？」

「わたしにはわからない」ヴォコーダーを通したブルの声が、かぼそい哀れな声に聞こえる。「さもなければ、わたしになにがのこるというのか？」

「わたしにはわかる！」コル・チュ＝ヘイが突然、立ちあがった。一瞬、高齢者が活力にあふれたように見えた。ブルが何年も前に持っていたものだ。「きみがそのような状態になったのは、あまりにひどい！　それでも、きみがもよりの端末にたどりつける道をわたしは知っているぞ」

＊

エルスカルジは《ラヴリー・アンド・ブルー》内で、これまで自分が持ちあわせているると思っていた以上の忍耐をしめした。ときおり、船の〝精神〟ヴィーが、クマイのドーム施設についてのあらたなデータを提供する。だが、重要なものはそこにはなかった。五万年とは……とてつもない歳月だ。どのように実現したものなのか？　もっとも、あらゆる探知はそれについて、実際に一時間後に得た情報よりもほとんど多くを告げることはなかった。

ときおり、レジナルド・ブルのつぶやくような声が押しよせる。あえて問い合わせはしない。テラナーから、いまは集中のじゃまをしないように告げられていたから。

〝精神〟は、司令室のモニターをさらなるデータで満たした。周囲をあらたな地上部隊がとりかこむ。もちろん、それはごく秘密裡《り》に行なわれていた……それでも、ヴィールス船の技術的可能性は、カルタン人の水準をはるかにうわまわる。

「エルスカルジ？」

ブルの声はあまりにちいさく、ブルー族が増幅装置を用いなければならなかったほど。

「はい、聞こえています！」甲高い声で応じた。「調子はどうですか？」

「いまは、くどくど説明するひまがない、皿頭」

エルスカルジは腹をたてた。テラナーがまたもや、ブルー族の特徴的な頭のかたちを揶揄《やゆ》したから。ボール頭といわれたら、人間はどんな気がするだろう？

「こちらはいささか進展はあったものの、まだ事件全体が解明されるようなものはなにもない。当面、この基地にとどまるつもりだ。盟友を得たよ。高齢の技師だ。中央コンピュータの端末にアクセスできるよう、わたしに手を貸してくれるという。そうなったら、また連絡する。だから、もうすこしがまんしてくれ、エルスカルジ！」

「ずいぶん、かんたんにいってくれますね、ボール頭」ブルー族が甲高い声でいった。

「それでも、しかたがない。待ちますとも」エルスカルジは、ほぼ完全に超音波域の笑い声をあげた。

＊

非常用換気システムは、ブルが推測したよりもさらに細分化していた。これは、ドーム施工者の設備なのか？　ひょっとしたらそうかもしれない。コル・チュ＝ヘイに、それについてたずねることはできなかった。

「まもなく、到着だ」高齢の男カルタン人が思いやるように告げた。ときおり、肩ごしに確認するように友を一瞥する。エスパーに扮したブルは、技師のすぐあとにつづいた。

五分後、技師は〝被保護者〟とともに主通廊をはなれた。ここから先は、膝をついて進まなければならない。ブルは低い呻き声をあげながらも、遅れずについていく。テレパスが偶然にコル・チュ＝ヘイの思考をとらえないうちに、用事をすまさなければ。

「ここだ！」高齢者は誇らしげに、ざらざらした金属製ハッチをさししめした。「これは、エネルギー制御の補助センターだ。ここにはだれもいない。実際、だれもここを必要としないから。いずれにせよ、端末はこのなかにある。これを使えば、きみはメイン・コンピュータに問い合わせも、送信もできるだろう」

技師は、コードキイで慎重に両開きハッチを横にすべらせた。

「実際……」一瞬、間を置き、言葉をつづける。「からっぽだ」

ブルにはわかった。コル・チュ＝ヘイは、主張していたほど自信があったわけではなさそうだ。技師は、あとになって安堵の息をついた。ここから、もうほとんど逃れられそうもなかったから。

ブルはひとめでそれが端末だとわかった。何百ものキイがついた、白く化粧張りされた四角い箱のように見える。それでも、どうにかなるだろう。ブルはそう確信していた。これまでも一度ならず、やり遂げてきたのだから。

「この装置を起動させたら、たちまち警報が鳴るのではないか？」

コル・チュ＝ヘイは、驚いたように装置を見つめた。

「ああ、そのとおりだ」技師は認めた。「だが、待て！　わたしは、この手のしろものを熟知している！　ただたんに、警報接続を断つにこしたことはないな」

ブルが抗議できないうちに、高齢者はすでに端末からカバーを引きはがした。やや震える手で接続を解除したり、バイパス回路をとりつけたりしている。ブルは不安に駆られた。ところが、奇蹟が起きたのだ。コル・チュ＝ヘイが、その分野におけるほんものの達人だとわかった。

「うまいものだな」ブルは褒《ほ》めた。そのさい、気の抜けたかぼそい声に聞こえるよう、留意した。「どうすれば、その端末を起動できる？　コードキイが必要か？」

「いや。すでに、あらゆるロックを解除してある。きみの指で、本当にこの作業が可能なのか？　ちいさなキイばかりだ。それに、ほかのキイも考えうるかぎり複雑だぞ」

ブルは、膨れあがった両手を批判的な目でまじまじと見つめた。それでも自分はこの手でさえ、カルタン人のコンピュータ操作が可能だと何度も証明してきた。

「心配無用だ、コル・チュ＝ヘイ。わが指は、自分の役目をはたすだろう。それに、実際のプロセスに関しては、わたしが女性であることを忘れないでくれ。やり遂げてみせるとも」

「ならば、もうきみをここに置いていかなければならないのか？」その目は心配そうだ。ひょっとしたら、ややかたくなでさえあるかもしれない。

「そうしてくれ、愛する友よ」ブルは、わざとこの親密な言葉を使った。たしかに、コル・チュ＝ヘイの信頼につけいることもできる……それでも、この高齢者をもう一秒たりとも必要以上に危険にさらしたくない。そうでなくとも、友はもう〝じゃま〟なのだ。

「もう二度と、会うことはないだろうな」

「もう二度とない」ブルはカルタン人の肩をつかみ、ほんのつかのま、いだきよせた。患者の健康状態が許すかぎり。「もう時間だ、コル・チュ＝ヘイ。本当に感謝する！」

高齢者は背を向け、部屋を出ていきながら、手の甲で涙を拭《ぬぐ》った。いずれにせよ、ブルにはそのように思えた。

8

ブルは、数秒もしないうちに七つのドームのメイン・コンピュータと接続を確立した。もっとも今回は、操作が目的ではない。重要なのは情報であり、それ以外のなにものでもなかった。

頭の高さにあるスクリーンのひとつに計算機のアイコンがあらわれる。グリーンの背景にピンクの三角形だ。三角形を見て、ブルはなにかを思いついた……それでも、いまは思考を追って気が散らされないようにする。キイをひとつ押しこむと、シンボルが消えた。スクリーンはからっぽになり、呼びだしたデータでこれを埋めることが可能だ。

まず、ブルは目次を呼びだした。たしかに、すでに医療部のコンピュータを操作し、成功をおさめたものの、だからといってカルタン人の記憶装置のあつかいに長《た》けているというわけではない。主スクリーンには、やたらと長いリストが表示された。すばやく目をとおす。とりわけ重要なのは、〝マイクム〟〝タルカニウム〟〝涙ネット〟といった概念だ……ほかの言葉には、ほとんど注意を向けない。

ブルはまず、〝マイクム〟に関するデータを見つけた。クマイの衛星、つまり不可解な涙ネットの所在地については、おもに注釈つきの映像資料が存在する。ブルは、この概念を呼びだそうとした。ところが、ブロックがかかっている……慎重に調べ、コードキイによって解除可能な意図的障害を見つけた。つまり、コル・チュ＝ヘイはまちがっていたわけだ！　それでも、ブルはすでにこの手の問題にくわしかった。最初に診療所でそうしたように、ここでもまた非常事態をよそおう。警報が鳴らないよう、付帯情報によって配慮しながら。

こうして、ようやくアクセス・ブロックが解除された。ブルはそのかたわら、司令本部用制御モニターにアクセスする方法を見つける。第二モニターをとりわけこの映像のために開放した。もっとも、関心をひくようなものはなにもない。数名のカルタン人だけが、任務にあたっていた……そこにドリ・メイ＝ヘイ、クマイの庇護者の姿もある。

「次は、マイクムだ」ブルがつぶやいた。「エルスカルジ？　聞こえるか？」

「聞こえます」プシ通信装置から甲高い声がする。「生存用ドームからのニュースですか？」

「あたりまえだ！　しっかりしてくれ！　いま、中央コンピュータの端末の前にひとりですわっている。あらゆる安全装置は解除ずみだ。さ、はじめよう。わたしがこれから数分間話すことはなんであれ、記録してもらいたい、わかったか？」

「もちろんです。わたしはおろか者ではありません。脳みその量も、あなたとかなり似たようなものです、人間」

ブルは、最初のメモリー内容、キイワード〝マイクム〟を再生する。はじめに、スクリーンは衛星の遠距離映像をしめした。小型円盤船が離着陸を交互にくりかえしている。注釈によれば、パラ露監視者のための救援部隊らしい……これだ！　ここでブルは、一発で正しいシュプールを見つけたということ。

二分間にわたり、奇妙な格子《こうし》状構造体があらわれた。それは、地下の、自然ドーム内に存在する。

「さてと、ようやく！」ブルはささやいた。「〝涙ネット〟だ！」拡大映像がさらに移動する。この構造体に関する情報を呼びだすのは不可能だ。それでも、自分がこれまでに得た情報をエルスカルジにかいつまんで聞かせる。

司令本部用制御モニターに動きがあった。ブルは、ギング・リ＝ガードの姿に気づいた。ドリ・メイ＝ヘイの副官だ。興奮したようすでなにか報告している。まもなく、現在クマイに滞在するほかのふたりの庇護者が到着し、ギング・リ＝ガード、ドリ・メイ＝ヘイとともに部屋を出ていった。

「キイワード〝涙ネット〟」ブルが告げた。ふたたび、スクリーンに目次を呼びだす。すばやく目を通し、必要な情報を見つけた。数回スイッチを切り替えると、拡大映像があらわれる。マイクムの映像では、正確に観察できなかったものだ。

格子状構造体は、近くから見ると、残余物質、金属、プラスティックからなるひろびろとしたたいらなネットだとわかった。それは、衛星の地下一キロメートルに横たわる。およそ五十個所で、土台が岩に突きでていた。ブルには想像がついた。高い静的強度はこの構造体特有のものだろう。ブルは、注釈から詳細を読みとった。その結果、〝涙ネット〟という概念は複合語とわかる。後半部分の語源は明らかだ。〝ネット〟とは、格子状構造体のかたちに由来する。とはいえ、〝涙〟もまた意味をなし……ブルは、パラ露のカルタン人による昔の名称を思いだす。プシコゴンは〝ヌジャラの涙〟と呼ばれていた。これで話は明快だ……〝涙ネット〟という概念は、巨大なパラ露保管庫にほかならない！

エルスカルジは、黙ってブルの説明を聞いていた。《ラヴリー・アンド・ブルー》のヴィールス知性がのちほど、さらなる分析をするだろう。

数分後、ブルは確信した。惑星ピナフォルル同様、ここでもカルタン人エスパーがパラ露を安定させているにちがいない。かれらの一部は、すぐそばの耐圧建物内に滞在し、ほかの者は防護服を着用し、涙ネットにとどまる。エスパー五十名がつねに任務についていた。もっとも、全体で三百名のパラ露監視者が五つのシフトと予備チームにわかれ、この任務にあたる。だれかが死ねば、かわりの要員が補充されるのだ。この関連において、ブルはクマイの軌道上の長距離船《リーヴァ》を思いだした。船はパラ露だけでなく、あらたな監視者を連れてきたにちがいない。いまや、ブルはそう確信していた。

「補足質問があります」エルスカルジがいった。「涙ネットにどれくらいのしずくが保存されていると思われますか？」

ブルは、しかるべき質問をインプットした。数秒以内に、結果が出る。

「しずく五億粒とは！」ブルは驚いていった。「いい質問だ、エルスカルジ。だが、もう先に進まなければ。タルカニウムにどのような意味があるのか、確認しよう」

ふたたび、特別アクセス権が要求された。ブルは、すでに実証された方法で問題を解決する。スクリーンに図形シンボルがあらわれた。三角形だ……中心の明るい光点からそれぞれの角に伸びる三本の矢。その先端にも光点が輝く。とはいえ、ずっと暗いものだ。

これは、どう見てもエスタルトゥの〝第三の道〟のシンボルにちがいない。

ブルは、たちまち驚きを克服した。あの三角形シンボルがここでなんのかかわりがあるというのか？　このカルタン人のコンピュータにおいて、あれが謎めいた〝タルカニウム〟のシンボルだというのか？

ブルは、さらなる情報を呼びだした。四つの光点が、星図の構成要素としてあらわれる。そこには、バンセジ、シャレジ、クマイのかわりにそれぞれ、ナンバー一、二、三と表示されていた。惑星の光度は、パラ露のしずくの保管量に比例する。ブルは、勝利の雄叫《おたけ》びをあげた。ナンバー四は、伝説の中心惑星フベイの位置をしめしている！　その光度からすると、そこには貴重なプシコゴンのしずくが二十五億粒ほど保管されているにちがいない。その目的はなにか？　ブルにはわからない。記憶装置からもなにひとつ情報は得られない。いずれにせよ、いまやたしかなのは、エスタルトゥにおける四つのラオ＝シン植民地が〝タルカニウム〟を形成するということ。

すでに一年前、バンセジことチャヌカーにおいて、知らないうちにブルはフベイに三光年まで近づいていたわけだ。いまも、その距離は同じ……三光年……だが、今回は目的をはたさずに撤退することはまずないだろう。カルタン人の謎の解明が、目前にさし迫っているのだ。

最後に、ブルは星図を一瞥した。周知のごとく、クマイはアブサンタ＝ゴムの北周縁部、永遠の戦士グランジカルの帝国に属する。これは、ラオ＝シン植民地の四惑星すべてにあてはまった。フベイの位置から、三角形の底辺を含む水平面……つまり、アブサンタ＝シャド銀河に向いた側……に垂線をおろせば、その垂線の先はきわめて正確にドリフェル・ゲートをしめす。記憶にあるドリフェルの座標。ひらめきにしたがい、端末にしかるべき計算をさせた結果、自分の推測が正しいとわかった。

「これで、皿頭、先に進めるな」

だが、ブルはこの点においてまちがっていた。さらにスイッチを切りかえる前に、背後のドアが開いたのだ。

＊

メイ・ラオ＝トゥオスは、自室で待っていた。彼女、アリ・シン＝ガード、そしてフベイの庇護者ミア・サン＝キョンは、たしかにドリ・メイ＝ヘイを要職にとどめておいた……それでも、さらなる作戦行動すべてに立ちあうつもりだ。クマイ時間で真夜中直前、出撃合図があった。メイ・ラオ＝トゥオスは、大あわてで通廊に跳びだす。司令本部まで五十メートルもない。アリ・シン＝ガードとほぼ同時に到着する。

「なにがあった？」メイ・ラオ＝トゥオスは訊いてみた。ドリ・メイ＝ヘイに対する問いかけだ。クマイの庇護者の横には、副官ギング・リ＝ガードの姿もある。

「ミア・サン＝キョンがくるまで、待とう……ああ、もうそこにいるな。顛末はこうだ。ギング・リ＝ガードはしばらく前から、クマイで奇妙なインパルスを感じていた。あらゆる低周波のプシオン・スペクトルにおいて。副官によれば、情報に関するものらしい……」

「ありえない！」メイ・ラオ＝トゥオスが口をはさんだ。まぎれもなく、ただの想像の産物によって、直前の失態をいい逃れようとする気配を察知したのだ。

「けっして」ギング・リ＝ガードが介入した。「われわれラオ＝シンは、これまでその手のものを生じさせることができませんでした」

メイ・ラオ＝トゥオスは、相手を黙らせるような視線を向けた。

「それがなんであれ」ふたたび、あらゆる注意がドリ・メイ＝ヘイに集中する。「とにかく、ギング・リはいま、インパルス発信源をつきとめた。中央計算機の端末だという。何年も前から使われていないものだ……同行する者はいないか？」

「答えるまでもない！」メイ・ラオ＝トゥオスが叫んだ。自分がいかに必須の自制心を欠いているか、気づきもしない。「われわれ、一秒たりともむだにするわけにはいかない」

「わたしもそう思う」

ドリ・メイ＝ヘイは、四名それぞれにパラ露のしずくふた粒を配った。

メイ・ラオ＝トゥオスは、自分の割りあてを宝物のように受けとった。同時に、ほかの仲間とともに突進する。まずは、隣接する通廊を、それから特別に隔離された保安領域を抜けて。問題のハッチの前で五名は立ちどまった。バンセジの庇護者は、最初のひと粒を開いたてのひらにのせた。たちまち、プシオン力が精神にひろがっていくのがわかる。テレパシー・パターンが周囲を満たす……すると、架空の地平線まで生命の存在を感じた。

「だいじょうぶか？……では、行こう！」

ドリ・メイ＝ヘイが、両開きハッチを横にすべらせた。

半秒ほど、メイ・ラオ＝トゥオスは硬直したかのように立ちつくした。部屋の中央にいるのは、例の患者だ！　すると、まずバンセジの庇護者が跳びだし、数歩ですばやく近づくと、患者を床に引きずり倒した。相手は武装していない。彼女が端末を操作していたのは、完全に明らかだ。モニター二台がまだ作動している。そのうち一台には、司令本部がうつしだされていた。

「やめなさい、メイ・ラオ！」そう告げたのはミア・サン＝キョンだ。四名のなかでもっとも高位の庇護者だ。「わかるな。相手は反撃できない」

メイ・ラオ＝トゥオスは、動きをとめた。数秒後、患者はやっとのことで立ちあがる。そのようすは完全に、病にむしばまれた、半死半生のパラ露監視者のように見えた。それでも、バンセジの庇護者は相手のなにかが気になる……その外見ではなく、テレパシー領域においてなにかまったく特殊なもの。われわれは、すでに一度これにかかわったことがある。それはたしかだ。

「われわれに芝居をしてみせているのです」ギング・リ＝ガードが自信なげに告げた。

「彼女が、シグナルの発信源にちがいありません！」

「おまけに、正気を失ってなどいない」ドリ・メイ＝ヘイが満足そうに補足した。「その点についても、彼女はどうにかしてわれわれ全員を騙《だま》しているわけだ。わたしだけでなく。どうして、そのようなことが起こりえるのか？」

「軽率に判断するな」メイ・ラオ＝トゥオスは患者を冷静に見つめていった。「テレパシーで徹底調査しよう」

五名全員が患者の前に進みでた。患者は、ふたたび床にくずおれ、哀れな泣き声をあげている。メイ・ラオ＝トゥオスは、まったく理解できなかった。それにはかまわずに、仲間とともにプシオン・ブロックを形成する。フベイの庇護者が、リーダーシップをになった。ところが五名とも、正気を失った、識別不能なほどゆがんだ思考のほかにはなにも感じない。この患者が、作動する端末の前に立っていなければ、メイ・ラオ＝トゥオスの不信感はきっと、わずかに押しのけられただろう。

きわめてしぶとく、自分に向かって押しよせてきた最後の混乱した思考をも徹底的に調べた。そこだ！　そこに手がかりはなかったか？　そうだ……ほとんどその瞬間、プシオン・ブロックが崩壊する。

「なにもないな」遠くから、仲間の声が聞こえた。それでも、わたしにはパラ露のしずくがまだのこっている。手がかりにしがみついた。まるで、みずからの命を守る必要があるかのごとく。すると、いよいよその時が訪れた。記憶がよみがえる。思考が矛盾なくつながったのだ。

「いや……そうかんたんにはいかないからな！」メイ・ラオ＝トゥオスは歯擦音を立てた。患者に近づき、鉤爪をその顔に深く食いこませる。

＊

ブルは死ぬほど驚き、振りむいた。端末のスイッチを切るひまもない。どうして、ふたたび自分のシュプールが見つかったのか？

「つかまった、エルスカルジ」可能なかぎり冷静に、プシ通信をつづける。「その理由は、まったくわからない」

同時に膝をつき、病気のエスパーの役割を演じた。コル・チュ＝ヘイに対してそうしたように。そこに隙があったのか？　きっとちがう。ブルは考えた。

女カルタン人に完全に突き倒された。バンセジことチャヌカーの庇護者メイ・ラオ＝トゥオスだろう。彼女とは旧知の仲だ。数秒後、庇護者はからだをはなした。すると、テレパシーによる尋問がはじまったのだ。ブルはこれにそなえた。メンタル安定性を楯にし……そのうえに、可能なかぎり無意味な思考の断片を投影する。ところが、最初の尋問とはなにかがちがった。ひょっとしたら、集中力が欠けているのかもしれない。あるいは、ショックのせいか。

「なにもないな」ひとりの女カルタン人が断言した。ブルは偶然のごとく、見あげた。

ようやくいま、気づく。テレパシーによる尋問が終わったのだ。さらにもうひとつの事実に気づく。タルカニウム、この四つのラオ＝シン植民地のリーダー全員が、ブルとともにこの同じ部屋に勢ぞろいしている。どうやら、必要以上に騒ぎ立ててしまったようだ。ブルは不機嫌にそう考えた。これほど執拗に追いつめられたとしても、不思議ではない……

視線に捕らえられた。

ブルは驚いて、それがメイ・ラオ＝トゥオスだと気づく。庇護者はパラ露のしずくののこりをかたく握りしめていた。その力は、ほとんどヒュプノのように作用し、ブルは視線をはずすことができない。わかったのか？　真実に気づいたのか？　そうでないと望むしかない。

「いや……そうかんたんにはいかないからな！」そう聞こえた。

ブルは、金縛りにあったように相手の目を見つめた。庇護者が動き、近づいてくる……

……そして、鉤爪をブルの顔に食いこませた！　痛みと驚きのあまり、叫び声をあげる。

フォの腕をはらいのけようとするが、むだだった。このマスクでは、ブルの腕力は女カルタン人の足もとにもおよばない。

肉が裂けた。いずれにせよ、崩壊の徴候はすでにあらわれていたが。数秒もしないうちに、マスクの頭部全体が粉々になった。ヴォコーダーはプシ通信装置ごと、血われになってだらりと垂れさがる。半分は露出し、半分は人工組織におおわれたまま。カルタン人のだれも、それを気にとめない。思いがけない光景にショックを受け、五名ともただ唖然《あぜん》とし、ブルの顔を見つめるばかりだ。

メイ・ラオ＝トゥオスが、まずわれに返った。

「あなただったのか、わたしにはわかっていたとも」

ブルもまた、驚きに圧倒されていた。

「だが、なぜわかった？」ブルは訊いた。「このバイオ・マスクのなにがいけなかったのか？」

「マスクだと？　ああ……マスクは完璧だったとも。わたしに疑念をいだかせたのは、べつのなにかだ。ほかの庇護者とともにおまえの精神を探ろうとしたとき、わたしはそれを感じた。おぼえているか。われわれは以前に会ったことがある。わが惑星で……当時、あなたはわれわれの手を逃れた。だが、もう二度とそううまくはいかないぞ」

庇護者がなにをあてこすったのか、ブルには察しがついた。それでも訊いてみる。

「それはなんだ？」

メイ・ラオ＝トゥオスは、勝ち誇るようにブルの額の深紅の印をさししめした。

「トシンの印だ！　わたしはそれを感じることができる。そして最後の瞬間、それによってあなただとわかったのだ」

バンセジの庇護者はブルに背を向けると、のこりの四名を見つめた。いまもなお感じるほど、ショックが深くのこっているようだ。

「これがどういうことか、わかったか？　《エクスプローラー》はもどってこないだろう。これ以上待ったところで、異人の防御バリアは二度と手に入らない！　ドリ・メイ＝ヘイ……部下のエスパーたちに出撃合図を出してもらいたい。かれらは、あらゆる障害にもかかわらず、搭載艇を拿捕するのに充分なパラ露を入手したはず！　一刻の猶予もならない！」

これまでの経験のおかげで、ブルはつづく数秒間、ひたすら冷静でいられた。

エルスカルジとコンタクトをとらなければ。

「ついてきなさい、異人よ。あなたは、ここにとどまることはできない」

ブルは顔をあげ、カルタン人のギング・リ＝ガードを見つめた。うながすように、片腕を伸ばしている。目下のところ、戦うわけにはいかない。ネコ型生物にプシ通信装置はまだ見つかっていない。数秒でもいい。じゃまされずに話すチャンスさえあれば……

なんといっても、エルスカルジにとって時間は切迫しているのだ。

ドリ・メイ＝ヘイはまだ、バンセジの庇護者の忠告にしたがおうとしない。ひょっとしたら、司令本部にもどってから出撃命令を出すつもりかもしれない。

ブルにとっては、そのほうが都合がいい。従順にギング・リ＝ガードとならんでのぞのそ歩いていく。すると、搬送ベルト区域がはじまる直前、待望のチャンスが訪れた。近くにドアが開いたままのリフトが停止している。

ブルは、ギング・リ＝ガードのわき腹に一発見舞った。女カルタン人はテラナーの腕をはなし、呻き声をあげながら膝をつく。膨れあがった足底をものともせずに、ブルはリフトに向かって突進した。メイ・ラオ＝トゥオスとほかの女たちの半メートル手前で、リフトに到達する。電光石火に両開きハッチを閉じ、ロックした。本当の脱出チャンスは、いまではない……だが、これで数秒間稼げる。

「聞こえるか、エルスカルジ？　数秒間、わたしは自由が利く。まもなく、きみのところで大騒ぎがはじまるぞ。かれらは、パラトロン・バリアをものともせずに《ラヴリー・アンド・ブルー》に乗りこむつもりだ。われわれ、これからはべつべつの道を歩むことになる。思うに、かれらはわたしをフベイに連れていくつもりだろう。聞いてくれ、きみのためにしかるべき計画を用意した……」

＊

エルスカルジは数秒間、不安に駆られた。それでも、ブルの説明に耳をかたむける。

「黄色い被造物にかけて！」ブルー族は甲高い声をあげた。「それならうまくいきそうです！」

ブルが制圧される音が聞こえた。ブルー族は船の〝精神〟の手を借り、しかるべき準備に急いでとりかかった。これには十分とかからない。

「カルタン人が陣につきました」ヴィーが警告する。ヴィーロ宙航士のだれもが、船の知性をそう呼んでいた。

「では、開始する！」

自動ゾンデ三機が、反撥フィールドとともに《ラヴリー・アンド・ブルー》から射出された。ゾンデのパラトロン・バリアは、撃発起爆装置によって解除されている。ゾンデにはそれぞれ、五十キログラムのパラ露、つまり、しずく五万粒が積まれている。同時に高圧噴射装置が、船の上甲板からしずく数十万粒を宇宙港エリア全体にまきちらした。パラトロン・バリアのちいさな構造亀裂を、プシコゴンが通りぬけていく。

エルスカルジは、最後のしずくをまき終わるまで噴射装置を操作した。ぜんぶで四百九十九キログラムのパラ露が、自然発生的爆燃プロセスに入った。《ラヴリー・アンド・ブルー》において、エルスカルジはほとんどなにも感じないが、外のカルタン人のあいだでは、地獄がはじまったにちがいない。エスパーは、もう明瞭な思考ができなくなるだろう。ひょっとしたら、超能力によって自然発生的爆燃プロセスをとめようとするかもしれない。エルスカルジにとってはどうでもいいこと。結果は自分にとって同じだから。だれもう、この船に目を光らせている場合ではなくなるだろう。

「スタートだ、ヴィー！」

《ラヴリー・アンド・ブルー》は、このカタストロフィに乗じて離陸した。ほんの数秒で、ヴィールス船の下にクマイが見えるようになる。惑星の要塞のいずれも発砲してこない。こうしてブルー族は、ひたすら監視船だけを相手にすることになる……とはいえ、性能の劣る円盤船など恐るるにたりない。

数分後、安全距離からクマイを振りかえった。

「また会いましょう、ブリー……わたしは、そう確信しています」

同時に《ラヴリー・アンド・ブルー》は、プシオン・ネットにもぐりこんだ。ブルー族は《エクスプローラー》に帰還し、すべてを報告するつもりだ。そして、次の目的地がフベイであることをほとんど疑わなかった。

エピローグ

レジナルド・ブルの思ったとおりになった。フベイの庇護者ミア・サン＝キョンが、自分の船にブルを連れていったのだ。もちろん、ヴィーロ宙航士たちはフベイまでブルを探しにくるだろう……それについてはこれっぽちの懸念もない。とはいえ、かれらは成功するだろうか？　ブルはよくわかっていた。これにはまた、べつの問題がある。万策つきたとしても、ブルにはまだ最後の切り札があった。カルタン人がリフト内でブルから奪ったのはヴォコーダーのみ。アヒルの卵の大きさもないプシカムはぶじだ。送信器はいま胃のなかにある。十二時間後には排出され、ふたたび使えるようになるだろう。

旅のまだ初日に……結局一日だけの旅だったが……ブルはミア・サン＝キョン宛ての、緊急メッセージを偶然に知った。中心惑星フベイから送信されたものだ。どうやら、この責任者たちは宇宙船が目撃されていないにもかかわらず、未知者を発見したようだ。ブルは思った。その背後には、ネットウォーカーがひそんでいるだろう。みずから調査し、フベイを見つけたにちがいない。

ひょっとしたら、そこでは魅力的な再会が待ち受けているかもしれない……あるいは、全員の死か。それはまだ、だれにもわからない。

無限からきたる死

H・G・フランシス

登場人物

ペリー・ローダン…………ネットウォーカー。もと深淵の騎士
アトラン……………………同。アルコン人
フェルマー・ロイド………同。テラナー。テレパス
ラス・ツバイ………………同。テレポーター
エイレーネ…………………同。ローダンの娘
ハン・ドアク………………惑星フベイの特殊能力を持つ男カルタン人
カラ・マウ
タルカ・ムウン …………同エスパー警察幹部。カルタン人
テレス・トリエ
シムレ・ドルテス…………同エスパー警察地区監督官。カルタン人
ソムヌアク・ロール………シムレ・ドルテスの夫。カルタン人
ミア・サン＝キョン………惑星フベイの庇護者。カルタン人

1

「白状しなさい！」カラ・マウが迫った。「あるいは、すぐにでも自分がだれだかわからなくなるよう、記憶を消してほしいか？」

ハン・ドアクは、目の前に立つ女三名を見つめた。カラ・マウは左側にいる。驚くほど野心的で、猜疑《さいぎ》心の塊りだ。こちらの言葉をなにひとつ信じようとしない。ひょっとしたら、ハン・ドアクが男だからか。

タルカ・ムウンは、ここから二歩ほどはなれた、すぐ目の前の壁によりかかっている。その目には、およそ感情というものが見られない。ロボットのように冷淡なのだ。彼女にいわせれば、相手がどう感じているかたずねたことは、これまで一度もないという。

ハン・ドアクの右側に立つテレス・トリエは、まったくちがうタイプだ。ほかのふたりよりも人間的で、つねに公平であろうとしている。ハン・ドアクが供述したようなこともありえると認めるつもりだろう。

ハン・ドアクはふと気づいた。幹部職員三名は、三角形を形成する位置にそれぞれ立っている……エスタルトゥのシンボルだ。

「わたしは、自分が体験したことについて話すつもりでした。実際に話してもかまわなかった」ハン・ドアクが誓っていう。「ところが、そうできなかった。なにかに妨げられたのです」

「あなたのいうことを正しく理解したならば」テレス・トリエがやさしくいった。「あなたは、われわれにとり未知の能力を得たということだな。パラ露の力を借り、視覚聴覚の感知能力を意のままに拡張できるわけだ」

「そのとおりです！」男カルタン人は応じた。「その能力には数日前に気づいたばかりで。パラ露のしずくひと粒を摂取したところ、突然、ほかの場所にいるような気がしたのです。庇護者のすぐそばに立っていました。ミア・サン＝キョンの姿がはっきりと見え、話す声すら聞こえた。庇護者がいったことすべてが理解できました。ちょうど、技師のカマ・ザールを罰して屈辱的な職に就かせるよう、命じていたのです。庇護者には実際、わたしの姿が見えたはず。ところが、彼女はわたしを見ていたのに、彼女にとって、わたしはそこに存在しなかった。すると突然、わたしはふたたび自宅にもどっていたのです。こうして、すべてが終わった。わたしはいてもたってもいられませんでした。

その技師と知り合いだったから。跳び起きると、外に走りでて、カマ・ザールに会いにいきました。そして、よく考えることなく、すべてを告げてしまったのです」

「嘘だ！」タルカ・ムウンは冷たくあしらった。「われわれがそのようなたわごとを信じるとでも思っているのか？　おまえは、なんらかの方法で庇護者を盗聴したのだな。指向性マイクロフォンを使って。あるいは、庇護者の近くに小型盗聴器でもしかけたのか」

「技師が逃げおおせたのは、おまえの責任だ」カラ・マウがどなりつけた。「それにより、ラオ＝シン・プロジェクトを危険にさらした」

ハン・ドアクはわずかに背筋を伸ばした。あっけにとられ相手を見つめながら、

「わたしがなにをしたというのです？」と、訊いてみる。「ばかばかしい。そのような巨大プロジェクトが、わたしのようなしがない技師によって左右されるというのですか？　信じられません」

ハン・ドアクは気づいた。テレス・トリエが、たしなめるような視線をカラ・マウに投げたのだ。

「わたしは過ちをおかした。それについては、よろこんで謝罪するつもりです」ハン・ドアクはつづけた。「だが、あなたたちのおかした過ちのほうがはるかに大きい」

「なるほど。われわれが過ちをおかしたと？」タルカ・ムウンが、からかうようにいっ

た。

「あなたたちはわたしを罰した」ハン・ドアクが非難する。「注射を打って、何時間も痛みをともなう痙攣《けいれん》をもたらした。それ以来、あの不思議な体験からもどったあと、見聞きしたことを思いだせなくなったのです」

タルカ・ムウンの顔つきは冷たく、無表情なままだ。ハン・ドアクの言葉をなにひとつ信じていない。それは、はっきりとわかる。

「エスポであるわれわれには、まだほかにも手段がある」と、脅かすようにいった。

「われわれの話を聞くのだ」テレス・トリエが警告するようにいう。「そうすれば、あなたにとり、さらに状況が悪くなることはないから」

ハン・ドアクは、板張りの簡易ベッドに腰をおろした。このせまい独房内には、ほかに家具らしきものは見あたらない。数日前から、ここに閉じこめられている。後悔した。自分のあらたな能力に気づいたとき、なぜそれを他人に明かしてしまったのか。まずは沈黙を守り、ひそかに対策を練ったほうが、ずっと利口だっただろうに。

明かした結果、ただエスパー警察、通称エスポを驚かせ、いつでもどこでも監視し、盗聴することが可能な者が存在すると、注意を喚起してしまったのだから。

もし、かれらの思考をも読めたなら、もっとひどいことになっただろう。それは、よくわかっている。

「おまえの記録を調べさせてもらった」

タルカ・ムウンがいつもの冷静な調子で告げる。ただの事実確認に聞こえた。この言葉の奥には、まぎれもない脅迫がかくされているにちがいないが。

「おまえの過去は、申しぶんないものとはとてもいえない」カラ・マウがつけくわえた。目を細めて男を見すえ、いまにも跳びかからんばかりだ。「おまえは、何度も有罪判決を受けている。どういった理由からか、あげてみようか？」

「とるにたらないような所有権侵害と一連の誤解にすぎません」ハン・ドアクが平然と応じた。「不運にも偶然三回連続して、誤った期待をいだく同性愛者の裁判官にあたるとは」

突然、カラ・マウに顔をたたかれた。このように怒った反応を見せるところが彼女らしい。どうやら、ほかのふたりのエスポ幹部のように自分の感情を制御できないようだ。

「その言葉をきっと後悔することになるぞ」彼女がどなりつけた。

ハン・ドアクは胸の前で腕組みし、今後はいっさい、なにもいわないことにした。自分が望まないかぎり、かれらはなにひとつ知ることはできない。テレパシー手段でさえ、お手あげだろう。いずれにせよ、自分がこのあらたな能力を身につけたからには。

「もう一度、はじめからだ」カラ・マウがいった。

ハン・ドアクは挑むように声の主を見つめ、唇を堅くむすぶ。

「いや」驚いたことに、タルカ・ムウンが異議を唱えた。「それはやめておこう。いずれにせよ、いまは。あとで、もう一度かれと話をしよう。ハン・ドアク、そのときまでに、どうふるまうべきか、ちゃんと考えておくのだな」

女三名は、ほかにはなにもいわずに踵《きびす》を返し、独房を出ていく。

ハン・ドアクは、そっぽを向いた。ドアがかれらの背後で閉まると、仰向けになる。頭のうしろで両手を組み、目を閉じた。

きっと、エスポはわたしを盗聴しようとしたのだろう。それでも、思考をとらえられなかったにちがいない。

体内に耳を澄ます。まるで、自分のなかのなにかが変わってしまったかのようだ。なぜ、わたし自身とこの超能力がこれほど重要視されるのか？　それほど、テレパシーよりもすぐれた能力なのか？

わたしは、人々がなにかを話すときだけ、それを聞くことができる。ハン・ドアクは考えこんだ。

そして、かれらがすることも見える。とはいえ、それだけだ。かれらの思考は閉ざされたまま。だから、真実を告げているのか、あるいは嘘をついているのか、わたしにはわからない。

その能力のなにが、それほど重要だというのか？

突然、幹部職員三名の姿が見えた。自分は、執務室の中央にいるようだ。部屋には、キャビネットがいくつか、書類におおわれたデスクふたつ、椅子数脚、自動供給装置数台がならんでいる。透明な間仕切りの向こうに、隣接する部屋が見えた。そこでは、数名の女がコンピュータに向かっている。ハン・ドアクは自分自身を見おろそうとしたが、認識できるはずのものがなにもない。自分は室内を自由に漂っているようだ。姿が見えなくなったのか。だが、それもまた正しい表現ではない。からだの下の簡易ベッドも、隣りの壁も触ることができるし、自分が独房にいることも断言できる。それでも独房は見えず、かわりに執務室とそこに入ってきた幹部職員の姿が見えた。自分の衣《きぬ》ずれの音も、荒い呼吸音も聞こえない。聞こえるのは、女三名の足音、軽く軋《きし》むドアの音、彼女たちの声ばかり。

「ハン・ドアクは、まったくつまらない男だ」つねに公平さを心がけるテレス・トリエがそう告げ、こちらに近づいてくる。まるでハン・ドアクをつかもうとするかのようだ。腕を高く伸ばし、軽く振っている。その手が、わたしのからだを突きぬけたように見えた。とはいえ、この動きは自分とはなんの関係もない。腕のクロノグラフがひどくゆるそうだ。手首まで下がっている。それがしっかりとどまるよう、こんどは腕をさらに高く振りあげた。そのまま、椅子に沈みこんだが、ハン・ドアクの視界からは消えない。

「あの男は、しがない孤独な技師にすぎない。自分の専門分野については非常に長《た》けているが、責任を問われるような仕事はつねにいやがる。だれかに命令するのは好まず、むしろ、やるべきこと、やらざるべきことを指示されたいようだ。そのうえ、きわめて保守的ときている。われわれが脅威を感じなければならないような活動的タイプとはほど遠い」

タルカ・ムウンが記録ファイルをめくる。ハン・ドアクはいま、自分が室内を浮遊しているような気がした。不可視の目が二台のカメラのごとく、書類ファイルに近づくと、内容が読めるように角度を変える。

そのためには、なにもしなくていい。命令をあたえる必要すらないのだ。書類をのぞきこんでみたいと思ったとたん、不可視の目はすでに動きはじめていた。

「まさに子供じみているな。恐れるあまり、ことごとく変化を拒むとは」タルカ・ムウンが説明をくわえた。「そうされるべきなのに、崩されない壁。切り倒されない木。とり壊されない家。つくられてはならない新型駆動装置。実現されてはならない新技術。ひたすらハン・ドアクが危険だと考えるせいで。あの男はその技術についておよそなにも知らず、判断を下すにはあまりに専門知識が欠けているというのに。それはけっして、新技術でも古い家でも木でも、あるいはほかのなにに関するものでもない。現状を変えることすべてに反対しているのだ」

「そうだろうか?」テレス・トリエが訊いた。「変化を嫌うのは、あの男だけではない。

そう考える者はたくさんいる。まさにとりわけ知性的なカルタン人がそうだ。奇妙だな。以前は見られなかった動きだ」

「だが、それは同胞種族全般にあてはまるわけではない」カラ・マウが、非難するようにつけくわえた。この手の批判が嫌いなようだ。

テレス・トリエは笑みを浮かべ、

「そのとおり！　とりわけ、変化とは悪化の可能性をもふくむと理解する者たちが変化を恐れるのだ」と、説明する。「ラオ＝シン・プロジェクトにより、われわれは種族の歴史における最大の変化をもたらすことになる。これまで、このプロジェクトに対してだれもが熱狂していたが、この数日間、数週間、数カ月間というもの、危険を冒さなければ、それが実現不可能だと知った。多くのカルタン人は、もらえるものならなんでも諸手をあげて歓迎するが、いざ自分自身が動くとなるとしりごみする。かならずしも自分が置かれている状況がよくなるとはかぎらないから。そして、かれらにとっては、みずからなにかをなしとげ、危険を恐れず、つねになにかを変えていく……そうすることでのみ、同胞種族が前進可能だから……女性たちが不気味に思えるのだ」

「で、かれらはすでに、木を倒すことに逆らっているのか？　それもすでに古い状況からの逸脱であるから」カラ・マウが訊いた。

「まったくそのとおりだ」テレス・トリエが断言する。

ハン・ドアクは、驚いてその場をはなれた。突然、ふたたびせまい独房にあらゆる感覚とともにもどっていた。いま、聞いたことすべてを記憶している。これには、はじめのうち気づかなかった。あのように的確に自分が特徴づけられたことを、まず克服しなければならなかったから。

「彼女のいうとおりだ」ハン・ドアクはささやいた。もうこれ以上、簡易ベッドに横たわってはいられない。起きあがると、おちつかないようすで独房内をうろうろする。

やがて、不可視の壁にぶつかったかのように立ちどまった。

「わたしは、ほかにもまだ知っている」声に出していう。「すべてを知っているのだ」

それにより、ふたたび根本的変化が生じた。奇妙にも、もう恐くない。自分に備わったあらたな能力があれほど恐ろしかったのだが。それでも、この事実により神経過敏になることもなく、あらたな能力を否定しようとも思わなかった。いつもなら、新しいものごとに対してつねにそうするのに。

簡易ベッドにもどり、そこに横たわった。

さらに慎重にならなければ。自分に向かって忠告する。ひょっとしたら、監視されているかもしれない。かれらは、わたしを盗聴できる。声に出して話してはならない。それに、自分の供述を変えてもならない。あの体験からもどったあと、見聞きしたことはなにも思いだせないといったのだから。

これまでの経験によれば、状況に対する責任を他人に押しつけるにこしたことはない。それに、エスポ幹部は痙攣をもたらす手段でわたしを毒したのではなかったか？　そのさい……すくなくとも一時的に……わが能力を破壊したのではないか？　するると、さらにひとつの考えが押しよせた。これに驚くあまり、笑わずにはいられなくなる。

まさにそれだ！　ハン・ドアクは気づいた。テレパシーでだれかを盗聴する場合、相手はそれに気づき、しかるべく抵抗する。だが、わたしが独自の方法で観察しても、だれもわたしに気づかない。エスポが恐れているのは、まさにそれだ！　かれらはもう確信が持てないということ。いつどこで、わたしの視線が追跡しているかわからない……職務中であろうと、鍵をかけたドアの奥で夫とお楽しみの最中であろうと。これには驚愕するはずだ。

ハン・ドアクは緊張を解いた。簡易ベッド側面のちいさなくぼみを指で探る。そこには、パラ露のしずく数粒がかくしてあった。ひと粒とりだすと、突然、重力を感じなくなる。壁を通りぬけると、宇宙空間に飛びだし、一瞬で無数の光年をこえる。突然、べつの惑星にいた。

白色恒星の第四惑星だ。表面積のほぼ七十パーセントを海洋が占める。四大陸と無数の島がのこりをおおっていた。

ハン・ドアクは、自分が広大な針葉樹林の上をすべっていくような気がした。やがて、小大陸の南海岸に近づく。そこには大規模集落がひろがっていた。

岩の上に高くそびえる建物を見つけ、そこに向かって滑るように進んだ。岩壁のすぐそばに建てられたレストランにちがいない。ここから、客たちは海の比類なき眺望を堪能できる。男四人と若い女ひとりからなるグループがテーブルにつき、そこに運ばれた食事を見るからにおいしそうにたいらげていた。カルタン人ではない。それでも同胞種族とかなり似ている。

ただちにわかった。かれらは重要人物にちがいない。男四人とも、若い女でさえ、類《たぐ》いまれなオーラをはなっている。それによって、ほかの客たちとは明らかに一線を画す。一行は、ほかとは遠くはなれたテーブルを選んでいた。会話が盗み聞きされないようにだろう。

「これまで、われわれはラオ＝シン・プロジェクトにかかわらなかったも同然といえよう」男のひとりがいった。「ブリーにまかせっきりだった。われわれにはほかにすべきことがあったから……たとえば、シオム・ソム銀河の〝紋章の門〟のスイッチを切るとか、巨大凪《なぎ》ゾーンを排除するとか」

ハン・ドアクは目眩《めまい》がした。夢を見ている気がする。目の前で起きていることは、とうてい現実ではありえない。この異人はテラナーだ。疑いの余地はない。おまけに、幹部メンバーのようだ。ひょっとしたらそれどころか、だれにとっても最重要人物かもしれない。

いま、ラオ＝シン・プロジェクトについて話していた男は長身で、濃いブロンド。青みがかったグレイの目は、カルタン人にとって謎めいた感じがする。ハン・ドアクはわかるような気がした。その目は数十万年にわたる経験をうつす。この男に魅了されると同時に驚かされた。明らかに自分はかなわないと感じる。

その隣りにすわる白ブロンドの男は、赤い目が印象的だ。はじめハン・ドアクは、この男を高齢者だと思った。ところがまもなく、その顔がまだ若く見えることに気づく。年齢を当てようとしたが、うまくいかない。

「そのとおりです」若い女とともにこのふたりの男の向かい側にすわる、浅黒い肌をした男が応じた。「いまや、ラオ＝シンは重要性を増しました。十月末にあったテスタレからの報告によれば、ラオ＝シンのパラ露保管庫がアブサンタ＝ゴムの〝不吉な前兆のカゲロウ〟を混乱におとしいれ、現在ナックがこの問題の処理にあたっているとのこと」

「テスタレによれば、永遠の戦士あるいは進行役からそう指示されたわけではないとか」

がっしりした、肩幅のひろい男がつけくわえた。幅広の顔に、黒髪だ。ほんのつかのま、まるでこの男にじっと見つめられたような気がした。テラナーは混乱しているようだ。両手をこめかみにあて、眉間《みけん》にしわをよせている。やがて、かぶりを振りながら、背を向けた。

この男にはテレパシー能力があるのかもしれない。ハン・ドアクは思った。なにか勘づいたようだが、わたしを見つけることはできない。それは不可能だ。テレパスにさえ。

「指示なしでだ、フェルマー」白ブロンドが肯定した。

「思うに、われわれ、この問題を引きうけるべきです、アトラン」ハン・ドアクがもっとも感銘を受けたあの男が提案した。

「そうしよう、ペリー。われわれには、いい手がかりがある。ラオ＝シンの三惑星の座標だ。バンセジ、シャレジ、クマイの」白ブロンドが応じた。「クマイには、すでに《エクスプローラー》でブリーが向かっている」

ハン・ドアクはまさに驚愕し、その場をはなれた。突然、海の上を浮遊しているような気がした。岩壁のレストランはもう、ただ遠くに見えるだけだ。

これまで、一度も実際にテラナーを見たことはないが、映像によってあれがだれだかよくわかった。呼ばれた名前により、自分が超大物を射当てたと確信する。

勝ちほこって叫びたいくらいだ。それでも、エスポ幹部の注意を引かないよう、やめておく。自分には、ほかのカルタン人のだれも持たないような超能力がある。それでも、ここ数日間の経験により、もうこれをだれかに明かす気はまったくない。

つまり、あれはテラナーだ。そう思った。かれらと戦わなければならない。そうしたいかどうかにかかわらず。ただかれらの勢力を破壊するだけでは充分ではない。いずれにせよ、おそらくわれわれには不可能だろう。テラナーは技術的にわれわれをはるかにしのぐ。それゆえ、どうにかして協調の道を見いださなければならない。友好関係を築かなければ。さもなければ、ともに破滅するだろう。

2

ハン・ドアクは、ペリー・ローダン、アトラン、エイレーネ、フェルマー・ロイド、ラス・ツバイとの邂逅《かいこう》から立ちなおるまで、多少の時間を要した。意識はまだ海の上を漂っている。肉体は依然として、遠くはなれた惑星の独房内に横たわっていたが。

先ほど聞いた話を思いだす。自分が遭遇した相手がだれかは明らかだ。

わたしがあのペリー・ローダンの話を盗聴したといっても、だれも信用しないだろう。エスポにそう話したところで信じるはずがない。

思考で命じるだけで充分だった。海の向こうのレストランに意識がもどっていく。どんどん近づき、ペリー・ローダンのすぐ目の前まできた。

テラナーは、手首につけたコンピュータを操作している。〝シントロン原理〟について語り、この装置を〝マップ〟と呼んだ。ハン・ドアクには、このコンピュータのなにがそれほど特殊なのかわからない。ラス・ツバイが〝ネットステーション〟についてなにかいっていたが、それもなんの助けにもならなかった。

宇宙における重要な座標に関するもののようだが。さらなる意味を知るには、知識が不足している。〝ネットウォーカー〟がなにかもわからなければ、〝優先路〟という言葉も理解できないままだ。数分も会話についていくことができない。いまだかつて聞いたこともない単語があまりに多く発せられたから。

やがて、男四人と若い女は立ちあがった。それまでにハン・ドアクがすくなくとも理解したのは、ペリー・ローダンがシントロン原理によって機能するピコンピュータによって、惑星ファマルにゴリム基地を発見したこと。それは、およそ五万年前から存在するものの、これまで一度も利用された形跡がないらしい。

グイタ星系の惑星ファマルは、三つのラオ＝シン惑星からそれぞれ正確に三光年の距離に位置するという。

「これらの惑星を線で結べば」ローダンはそういいながら、寡黙な若い女に先に行くよう、ジェスチャーでしめした。「エスタルトゥのシンボルとなる」

「偶然でないのは、まちがいありません」フェルマー・ロイドが応じた。男が急に振りむき、ハン・ドアクは驚いた。テラナーがまっすぐ自分を見つめている。

自分の姿が見えるはずはない。そう気づく前に、カルタン人はすでにその場をはなれ、突然、意識ごと独房にもどっていた。

ドアがひらき、わかった。あのテラナーの視線のほうが、いま近づいてきた足音よりもいささかましだった。

野心的なカラ・マウと冷淡なタルカ・ムウンがふたりだけで入ってくる。その表情から、不吉な予感がした。

＊

「どうした、フェルマー？」アトランが訊いた。

「もうだいじょうぶです」テレパスが応じた。「たったいま、だれかに背後からじっと見られていたような気がしただけです」

「だが、ここにはだれもいない」ラス・ツバイが断言し、自分のシントロンの表示装置を確認している。「ましてや、不可視になれる者などいない」

男は笑みを浮かべた。

「あるいは、いるのか？」

「いや、思いちがいさ」フェルマーはきっぱりと告げた。「ここにだれかがいれば、わたしは気づくはず。きょうは、いささか神経質になっているようだ」

「なぜだ？」ローダンが驚いて訊いた。「まったくの初耳だな」

「わたしにも、わからないのです」一行はグライダーに乗りこむと、ゆっくりと〝はじまりのホール〟に近づいていく。肉体を持たないクエリオンのウィボルトに話があるのだ。

「で……どうした？」ローダンが訊いた。

「何度もラオ＝シン・プロジェクトについて考えてしまうのです」テレパスが打ち明けた。「そして、ますます確信しました。これまでわれわれが推測してきたよりも、はるかに多くのことがその裏にかくされているにちがいない。そしていま、これらの三惑星がエスタルトゥのシンボルをかたちづくると気づきました。この幾何学の一致が偶然であるとは思えません」

「ウィボルトが、それについてわれわれになにか教えてくれるだろう」ペリー・ローダンはそう望んだ。

かれはまちがっていなかった。

肉体を持たないクエリオンによれば、そのゴリム基地はネットウォーカーを組織した初期に築かれたという。いつか、永遠の戦士がそこに住む原住種族を恒久的葛藤に引き入れるのではないかと恐れたから。しかし、そこの原住種族が知性化することはなかった。それゆえ、戦士崇拝が入りこむことなく、ネットウォーカーがその後この基地を使うことはなかったらしい。

ローダンとその同行者は、〝はじまりのホール〟をあとにした。それ以上、クエリオンがなにも語ろうとしなかったから。だれもが完全には満足していないようだ。いま聞いた話にどうも納得がいかなかったから。いくつかの疑問は、解決されないままのこった。

「個体ジャンプでファマル・ステーションに向かおう」ローダンが決意した。「思うに、そこならただちにもっとなにかがわかるかもしれない」

＊

ハン・ドアクはためらいながら、おもむろにからだを起こした。

恐かった。

つねに公平さを心がけているテレス・トリエの姿がない。これには、なにか理由があるにちがいない。

カラ・マウはナイフのように鋭い鉤爪をくりだし、じりじりするほどゆっくりとドアをひっかいた。そのさい、ハン・ドアクにとりほとんど耐えがたい摩擦音が生じる。

「おまえの過去をもうすこし調べてみた」タルカ・ムウンが口を開いた。冷ややかなネコの目が情け容赦なく技師を見つめる。「おまえは非常に好奇心の強い男のようだな。それに、法律にあまりこだわらない」

カラ・マウが男の上に身をかがめ、鉤爪をその胸に押しあてた。ハン・ドアクは身動きできない。ひと突きで殺されるだろう。鉤爪は胸郭を貫くほど長い。

「雄猫であるおまえは、偶然出会った若い女をことごとく口説《くど》こうとした。そして、一連のパートナーに対して、かならずしもやさしくなかったようだな」

「なんというばかげた話をしているのです？」技師はあえいだ。「すべて、まったくのでたらめだ」

「若いオフタ・サンに格好つけてみせたいがために、聖なるものを聖域から盗んだわけだ」

「それは嘘だ」ハン・ドアクは憤慨した。

「男であるおまえが、パラ露のしずくを制御できるというのが嘘であるのと同様にな」タルカ・ムウンがどなりつけた。「男には、そのようなことは不可能だ。男はエスパーにはなれない。けっしてな。おまえは、ろくでなしであるだけでなく、嘘つきでもあるわけだ」

「そのような主張を吹聴《ふいちょう》してまわれないよう、根性をたたきなおしてやろう」カラ・マウが脅かすようにつけくわえた。「あるいは、ふたたびクロメン・エンジンの件を思いださせてやろうか」

「クロメン……？」男カルタン人は口ごもった。

「……エンジンの件だ」タルカ・ムウンがあとを引きとる。

「なんのことだか、さっぱりわからない」

タルカ・ムウンは、鉤爪で男の額をなでると、血が噴きだすほど、皮膚に強く押しつける。

「そういうと思っていた」女が喉を鳴らすように応じた。「だが、おまえが当時エンジンの開発を妨害した犯人だという動かぬ証拠があがっている。われわれが証拠を提出したなら、おまえにとって命とりになるぞ」

ハン・ドアクは、息を荒くした。

「実際、わたしをどうしようというのです?」技師が口ごもる。「あなたたちの力になろうとしただけなのに」

「まさにそれが信じられないというのだ」野心的なカラ・マウがきっぱりと告げた。

「なにかべつの魂胆があるのだろう。おそらく、また犯罪をおかすつもりか。そうはさせるものか」

「現況において、無秩序に目をつぶるわけにはいかない」タルカ・ムウンが告げた。

「まもなく、テラナーと大々的に衝突するだろうから」

「いまは、集中的にそれにそなえている」カラ・マウ。「われわれ、敵を潰滅するだろう」

「消去するのだ」タルカ・ムウンがたたみかける。

「衝突すれば、われわれは一巻の終わりだ」ハン・ドアクが抗議の声をあげた。「かれらと戦うのは、無意味です。むしろ協調の道を探し、和解しなければ」

「男にそのような判断をゆだねる日が訪れようとはな」カラ・マウが鼻を鳴らした。

ハン・ドアクにはわかった。エスポ幹部が恐れているのは、いたるところで監視されることだけではない。わたしは、かれらの女としての誇りと自尊心をも傷つけたのだ。男が、まさにパラ露のしずくを制御できるわけはないし、ましてやエスパー能力を身につけるはずがない。それは、女の典型的特権なのだ。

ハン・ドアクは不思議に思った。この独房でパラ露のしずくがいまだ見つからずにいるとは。

ひょっとしたら、そのようなものがここにあるとは考えもしないのだろう。技師は、タルカ・ムウンの鉤爪をよけながら、そう思った。その攻撃性のせいで、彼女はもっとも重要なものを見落としたのかもしれない。

これ以上、自分の能力について話してはならない。それはもう明らかだ。生きのびたければ、秘密にしなければ。かれらはすべてを許すだろう。わたしがかれらと対等であること以外は。

はっとして、女ふたりを見つめた。やがて思いだす。彼女たちにわたしの思考は読めないはず。この時点まで、そのようなことを考えたこともなかった。エスパーとしての能力も、せいぜい同等だろうと思っていたのだ。

「テラナーとの和解に賛成する勢力もある」タルカ・ムウンは認めた。「それはたしかだ。だが、われわれはそれらの勢力と、とことん戦うつもりだ。和解を求めれば、負けを認めることになる。それがわからないやつらは、まちがっているのだ。ギャラクティカーはけっして、みずからの領域をわれわれとわかちあおうとはしないだろう。われわれは、かれらの領域を侵犯しているのだから。そして、動物界の法則は宇宙にも有効だとわたしは信じる。この無限の宇宙においても、テリトリーという考えがある。そして、われわれは異種族のテリトリーを侵してきた。それらのどの種族もこれに甘んじてはいない。ひょっとしたら一時的にはわれわれに対し、友好的にふるまっているのかもしれないがね。場合によっては、われわれが定住可能な惑星さえ、かれらは提供するかもしれない。だが、それは欺瞞《ぎまん》以外のなにものでもない。のちのち、いっそう容易に破滅させるために、われわれをおとしいれようとする罠なのだ」

「遺憾にも」ハン・ドアクが応じた。「それについて、わたしはこれまで考えたことがなかった。それに、すべてがまったく理解できません。わたしは、いささか、もったいぶってみせたかっただけ。それが、それほど悪いことでしょうか?」

タルカ・ムウンが技師の頭を手で殴った。ナイフのように鋭い鉤爪が顔を横切り、傷口から血が噴きだす。

タルカがさらにもう一撃見舞おうと身がまえたとき、ドアが開いた。テレス・トリエが入ってくる。

「ここでなにをしている？」ほかのふたりのカルタン人をどなりつけた。「いつから、われわれの監獄で、拷問と暴力が許されるようになったのか？」

「この男に挑発されたのだ」タルカ・ムウンが冷たくいいはなつ。「かれは、すくなくとも一時的に〝はるかなる星雲〟の勢力に加担したと認めた。そして、高位女性を侮辱したのだ」

ハン・ドアクには、この非難に対し、なにもいい返すことができなかった。簡易ベッドにかがみこみ、顔を両手でおおう。

「それについては、わたしがはっきりさせよう」テレス・トリエが脅すようにいった。

「もう出ていけ。囚人をひとりにするのだ」

タルカ・ムウンはドアに向かったが、彼女の前で立ちどまった。怒りのまなざしで、相手を見つめ、

「警告しておこう」と、歯擦音《しさつおん》をたてた。「すべてのものには限度というものがある。われわれ、〝はるかなる星雲〟の住民との和解にはいたらない。和解はありえない。戦いか、滅亡か、二者択一だ」

「もうわかった、タルカ・ムウン」テレス・トリエが小声で応じた。

エスポ幹部は三名とも独房を出ていき、ハン・ドアクは呻き声をあげながら、仰向け

に倒れこんだ。

パラ露のしずくに触れることさえなかったなら。そう嘆く。なぜわたしは、男にはまったく関係のない事柄を背負いこまなくてはならないのか？

ふたたび観察の旅に出かけ、痛みを紛らわせよう。いまいるこの惑星から可能なかぎり遠くはなれたい。

テラナーのもとにもどるのだ！　そう自分に命じる。

この瞬間、ふたたび、ペリー・ローダン、アトラン、フェルマー・ロイド、ラス・ツバイ、エイレーネがすわっていたテーブルの上を漂っていた。ロボットが、テーブルをかたづけている。客人の姿はすでにない。

ハン・ドアクはがっかりした。近くにはほかの人間たちがいるが、興味をひかれることはなかった。ペリー・ローダンとその友たちを観察したいのだ。これまでよりもさらに情報を入手できるかもしれないから。

レストランを出て、地上を眺めた。ローダンを探すあいだ、多数のほかの生物に遭遇する。その姿から、この銀河の多くの宙域からさまざまな生物がこの植民地に集まっているのは明白だ。その理由は不明だが。

一時間以上探しまわり、ふたたびこの場をはなれようとしたとき、逆光のなかで輝くなにかに気づいた。それに向かって近づくと、グライダーのそばに立つローダンとその同行者が不意に目の前に出現。ちょうど、若い女が機体のドアを閉めたところだった。それが、光って見えたのだ。

ハン・ドアクは、ローダンに滑るように近づいていく。

「実際、イホ・トロトとその船《ハルタ》から音沙汰がなくなって、どれくらいたつのでしょう？」浅黒いテラナーが訊いた。

「数カ月だ」アトランが応じた。「それ以来、M－87で行方不明となった。なんの消息もない」

「そして、ジェン・サリクはすでに四カ月前に出発しました」フェルマー・ロイドがつけくわえた。「ノルガン・テュア銀河のケスドシャン・ドームに向かったそうです。コスモクラートの呪いを破ることができたならいいのですが」

「わたしもそう望んでいる」ローダンが応じた。

「ジェフリー・ワリンジャーの近況をだれか知っているか？」アルコン人が訊いた。

「あまり多くはありません」ローダンが応じた。「何カ月もラトバー・トスタンとスヴォーン人のポージー・プースに協力してきたというのに、四週間前に突然失踪したふたりにかなり腹を立てていたようです」

アトランはうなずき、話題を変えた。

「惑星ファマルのゴリム基地が五万年前に建てられたものだというのは、すでに知ってのとおりだ。問題は、このネットステーションと、標準暦で四十年前からはじまったラオ＝シン・プロジェクトのあいだになんらかの関係があるかどうかということ」

「たしかに、はっきりさせるべき問題ですね」ローダンが同意した。「どう思います？」

「いまのところまだ、なにもわからない。とはいえ、カルタン人がいま、自分たちの原故郷にもどってきたという可能性は排除できないだろう」

「これについてクエリオンに訊いてみましたが」ローダンが打ち明けた。「かれらは沈黙したままでした」

「ますます、関連があるように思えてきますね」フェルマー・ロイドは断言した。「それとも、ほかに意見でも？」

「まったく異存はない」ローダンが応じた。

「ファマルのゴリム基地がまだ完全に機能すると思いますか？」ラス・ツバイが訊いた。

「つまり、五万年というのはかなりの歳月ですから」

ローダンは笑みを浮かべた。

「もちろんだ。その基地がそれだけの歳月のあいだつねに整備されてきたことは、われわれのだれもが知るところ。基地がその後利用されたか、されなかったかにかかわらず。それゆえ、すくなくとも基地内は申しぶんなく機能すると思っていい」

「いいだろう！」アトランがうなずいた。「で、いつ出発しようか？」

「われわれをとめるものはなにもありません」ローダンが断言する。「わたしとしては、すぐにでも」

「ならば、出発だ！　これ以上、なにを待つというのか？」

五名は踵を返し、さらに数歩進んだ。ハン・ドアクが興味津々《きょうみしんしん》であとにつづく……すると突然、姿が消えた。技師は驚いてその場にかたまる。

いや、ありえない！　ひとりつぶやいた。ただ、消えてしまうだなんて！

思わず、特撮映画が頭に浮かんだ。そのなかでは、任意に人物をフェードインさせたり、フェードアウトさせたりできる。

わたしは現実ではなく、ホログラフィック・フィルムを見ていたのか？　ただ、現実世界において夢を見ているあいだだけ、自分に特殊能力が備わったと思いこんでいただけなのか？

混乱し、独房にもどった。そこでは、相《あ》いかわらず、なにも変わらないように見えた。

＊

ネットウォーカーは、そのカルタン人技師には見えないものを見ることができた。かれらにとり優先路の入口は、淡く光る半球に見える。五名はこの半球に近づくと、プシオン・ネットに足を踏みいれた。こうして惑星サバルから消え、〝マップ〟にファマルと記された惑星に移動したのだ。

それは、繁茂した植物相と動物相に恵まれた、地球に似た惑星だった。男四名とエイレーネが虚無から出現したように見えたとき、サルのような動物の群れが金切り声をあげながら、ジャングルに逃げこんでいく。

その動物は、ローダンにアカゲザルを思わせた。体長一メートルほど。かなりひょろりとしたからだつきだ。グリーンがかった毛におおわれているため、鬱蒼《うっそう》とした森ではひたすら見わけにくい。枝をつたって移動するさい、うしろ脚のかわりとなる、ふさふさした三本の尾が目にとまった。これを枝に絡めながら、木から木へと非常に敏捷《びんしょう》に跳びうつるのだ。

「ゴリム基地らしきものは、なにも見えません」ラス・ツバイが告げた。

「五万年も経過しているのだ。なんの不思議もない」アトランが応じた。「われわれ、数メートルも進めば、ゴリム基地に着いたはずだが」

「本当に？」ラス・ツバイがいった。「申しわけありません。気をつけていませんでした。ただ、みなさんのあとについてきただけで。わたしが目を光らせていたなら、おそらく見逃さなかったでしょう」

「さてと、どうしましょう？」フェルマー・ロイドが訊いた。

「ネットにもどろう」ローダンが応じた。「さらに数歩、ネット内を基地まで進む。これにはシュプールをのこさないという利点もある」

「シュプールがだれの興味を引くというのか?」アトランが訊いた。

「さあ、だれでしょうね」

ネットウォーカーたちは、ローダンにつづいて、真っ暗な基地内に入った。その場で立ちどまり、耳を澄ませる。どこかで装置が動きはじめたようだ。数秒後、いくつかの照明が点灯した。

基地内は重苦しいほど暑く、空気が黴《かび》くさい。だが、この点についても状況はたちまち正常にもどった。空調のスイッチが入ると、空気を循環させフィルターに通したのだ。

「ここに長くとどまるつもりなら、おそらく、頭上の瓦礫《がれき》や土や植物をとりのぞかなければならないな」ローダンが告げた。「空調には、新鮮な空気が必要だ。すくなくとも空気ホースをきれいにしなければ」

「万一、そのためのロボットが用意されていない場合」アトランが応じた。「シャベルを手にするのはあまり気が進まないな。とりわけ、これから数日間、ほかにすべきことが充分にあるのだから、なおさらだ」

五名はドーム空間にいた。すでにほかのネットステーションで見たことのあるような一連のマシンがならぶ。とはいえ、ここには、過ぎさった五万年のあいだに塵《ちり》と苔《こけ》の一種が堆積し、あらゆる装置、床、壁、天井をおおう薄い層を形成している。基地のコンピュータ制御の自動浄化装置が歳月の経過とともにいつしか故障したという証拠だ。

「やるべきことが山積だな」アトランが告げた。「まずは、とりかかるとしよう」

3

「どうやら、この惑星にいるのはわれわれだけではないようです」フェルマー・ロイドが告げた。いささか苦労しながら隣室のドアを開け、なかをのぞきこむ。こうして確信した。隣室もこの部屋とたいして変わらないようだ。「カルタン人数名の思考をとらえたのです」

テレパスはふたたびドアを閉め、両手の埃《ほこり》をはらった。

「さらに正確にいえば、この惑星には、かなり多くのラオ＝シンがいます。おそらく数千の」

「ふたりで見てきてもらえないか」ローダンがテレパスとテレポーターに向かって告げた。「可能なかぎり多くの情報を収集しなければ。早ければ早いほどいい。ここが安全だとどれくらい長く思えるか、わからないからな」

ミュータントはどちらも答えない。ふたりは手と手を繋ぎ、すでに姿を消していた。

岩だらけの高台で実体化する。眼下には、三方向に緑のジャングルが地平線までひろがっていた。ふたりの南側には、ちいさな町の家なみがひろびろとした入江の斜面によりそう。岩礁が、集落を強力な磯波から守るにちがいない。

フェルマーとラスは、海岸からおよそ五キロメートルはなれた地点にいた。それでも、突風にあおられた異常に高い波が南側から押しよせてくるのがわかる。

「ラオ＝シンの集落だ」テレパスが告げた。「人口はおよそ一万人」

「なにか特別なものは？」ラス・ツバイが訊いた。

「思考をそれぞれ切りはなすことができない」フェルマーが応じた。「用心しなければ。なかにはたくさんのエスパーがいる。おい！……それどころか、エスパー警察さえ！エスポと名乗っているようだ」

テレパスは、それ以上なにもいわずに手をさしだした。ラスは理解した。ふたりで、町のはずれにある岩のくぼみにテレポーテーションする。ここなら、強風から守られるだろう。そこから、入江の向こうに西の方角が見わたせる。ほとんどの家は、広く張りだした樹冠の下に建てられていた。家々の屋根はまるい丘のようなかたちをしている。これなら嵐にもびくともしないだろう。屋外にいるカルタン人は、ごくわずかだ。ときおり、ほんのつかのまだけ、木々の下に姿をあらわし、建物から建物へ急いで移動していく。

嵐をなんとも思わないのは、数羽の白い鳥だけだった。鳥は翼をひろげたまま、ほとんど動かさず、入江上空を漂い、風に身をまかせている。そこから海のようすをうかがっているようだ。まるで、獲物が風に運ばれてくるのを待ちかまえるかのごとく。

「ちょっと待った！」フェルマー・ロイドが告げた。「いったい、どういうことだ？」

「どうした？」

「そこで思考をいくつかとらえた。あそこにもまた。そうか、もうわかったぞ。われわれがファマルと呼ぶ惑星がそうだったのか。ここがラオ＝シンの中心惑星フベイだ。ここから、カルタン人種族の移住がはじまったのだ」

ラス・ツバイはうなずくだけだ。とりたてて驚いたようすはない。アトランの推測が正しければ、ここがカルタン人の原故郷なのか？

サルみたいな生物二匹が、頭上の岩にあらわれ、興味津々でこちらを見おろしている。フェルマーは誘うように、指を打ち鳴らした。生物は驚き、あわてて走りさる。

突然、小石がいくつか、頭上の岩からすぐそばに落ちてきた。思わず、ふたりはあとずさる。すると、火花が散るのが見えた。友の手をつかむと、ふたたび、岩が剝がれ落ちてくる。

「攻撃だ」テレポーターが叫んだ。これを報告するためにネットステーションにもどった。

すでにペリー・ローダンとほかのメンバーは、清掃ロボットを作動させることに成功していた。カブトムシのような小型マシンが、塵と苔の一種を除去していく。驚くほど迅速だ。ゴミは、箱形容器に消えた。

「当面、ここにいよう」最初の報告を聞きおえると、ペリー・ローダンが告げた。「おそらく、装置の助けがあれば問題なく情報を入手できるかもしれない。必要がなければ、危険を冒すまでもない」

「かれらは、われわれを偶然、見かけたにちがいありません」フェルマー・ロイドが推測する。「いずれにせよ、テレパシーでわれわれを探知できるわけがない」

テレパスはこの言葉によって、自分のみならず、ほかの同行者たちもまたメンタル安定人間であり、だれもエスパーによる盗聴を恐れる必要がないことをほのめかした。

エイレーネは椅子にすわったまま、黙って装置を見つめている。ローダンは、娘の肩に手を置き、

「どうした？」と、訊いた。「この数時間というもの、ひとことも話していないではないか」

娘は顔をあげ、一瞬、笑みを浮かべた。

「なんでもないの」エイレーネは愛想よく応じた。「心配いらないわ」

アトランは基地の見まわりからもどってくると、

「必要なものは、すべてここにそろっている」と、告げた。「ただし、食糧は自力で確保しないと。かつてここに保管されていた備蓄品は、塵と化したようだ。とはいえ、な

んの問題もない。ジャングルには、獲物がうようよしている。ロボットに命じ、なにか用意させればいい」

アトランはコンピュータ・コンソールにもたれかかり、エイレーネを一瞥《いちべつ》すると、両手をズボンのポケットにつっこんだ。

「そのほかは、実際すべてがここにそろっている。機体、武器、作業装置。それでも、さらなる情報を入手するには、アンテナをいくつか設置しなければ。そのためにはすくなくとも、この上に堆積した土の一部をどけなければならないが」

「お願いできますか」ローダンがたのんだ。「出入口をつくりましょう。機体、作業装置を外に運びだせるように。この惑星には、優先路があまり多くない。さらなる機動性を確保できればそれにこしたことはありません」

「ラオ＝シンは、すぐにわれわれに気づくでしょう」フェルマーが考慮をうながすようにいった。

「まずはようすを見よう」ローダンが告げた。「たしかに、きみたちは見つかった。とはいえ、まだ、ふたりの正体が露見したわけではない。かれらはまだ、われわれが何者で、どこにかくれているかを知らない。そう早くは、つきとめられないだろう」

アルコン人が部屋を出ていき、ラス・ツバイがつづいた。男ふたりは通廊を進み、格納庫に向かう。そこには、さまざまな大きさの機体が五十ほどならんでいた。プラスティック・フォリオにつつまれている。アトランはすでにいくつかのフォリオをとりのぞき、その下の機体があらわになっていた。

「五万年はかなりの歳月だ」アルコン人がいった。「機体がフォリオに守られていたのは非常によかった。さもなければ、きっともうたいして役にたたなかったはず」

「そもそも、あなたは何歳なのですか？」テレポーターがフォリオをとりのぞきながら、にやりとする。

「それほど古くはないさ」アトランがそう応じ、両手を腰に押しあてた。「それに、プラスティック・フォリオにつつまれようとは、まだ考えたこともない」

「それなら、よかった」

ラスは、のこりの保護シートを下にひっぱった。その下にかくれていたグライダーは、かなり状態がいいようだ。機体はその大部分がプラスティック製で、ほんのわずかだけ傷んでいる。いくつかの個所で変色し、しみができていた。

「こっちは、ダークグリーンだ」テレポーターが満足げに断言する。「すぐれた迷彩色です。白でなくてよかった」

「白なら、あきらめなければならなかったな」アトランが機体のドアを開けようとする。精いっぱい力をこめるとようやくうまくいった。とうとう、ドアが軋む音を立てながら引っこんでいく。アトランは制御エレメントの奥に腰かけることができた。

「整備しないとだめそうですね」ラスが告げた。「この機体も、当時は整備されていたのでしょう。ほかの多くのネットステーションでは、いまでもそうされているように。それでも、きっと五万年の歳月は充分にまかなえなかったにちがいない」

「いまにわかるだろう」アルコン人がボタンを押しこむと、搭載コンピュータが作動しはじめた。画面が明るくなり、アトランが命令を入力する。たちまち、どこか近くでマシンが動きだした。天井ハッチが軋りながら開き、さまざまな道具をそなえた把握アームがそこから伸びる。アトランは機体を降り、グライダーから数歩はなれた。整備ロボットが作業を引きつぐのを、ラスとともにそこから見守る。ロボットは、機体のさまざまな個所で蓋を開けていく。いままで、それらが蓋とはまったく気づかなかった。どうやらロボットは、かくれた導管に液体を流しこんでいるようだ。グライダーがごぼごぼ、ぴちゃぴちゃ音を立てる。高圧で障害物が洗いながされ、液体が吸いこまれていく音が聞こえる。ドアから、円柱のようなロボット一体が機内に入った。ゆっくりと、苦労しながら前進していく。その一歩一歩が、機内で破壊の氾濫《はんらん》を引きおこすかのように見えた。折れるような、軋むような、裂けるような音がする。まるで、ジョイントすべてが押しつぶされるかのようだ。それでも、ロボットが幽霊退治をあきらめたと男ふたりが思ったとき、ロボットはますます加速し、騒音がしだいにやんだ。

「機体はすでに活性剤を注入されたようです」ラスが告げた。「ゆっくりと、効きはじめるでしょう」

ほかの方向から、複数のロボットが近づいてきた。はじめは先ほどのロボット同様にぎこちなかったが、たちまちはるかにきびきびと動けるようになる。ほかの機体を引きうけ、整備にとりかかった。

「われわれは、もうすべきことがなさそうだな」アルコン人が断定した。「長い眠りは終わった。なにかが、徹底した整備を妨げていたにちがいない」

アトランはラスを隣室にうながした。メタルプラスト製の壁が一方を占める。

「外側ハッチだ」アトランが告げた。「これを開けたら、土と植物が目の前に出現するだろう。おそらく、厚さ一メートルの層が」

「見てみましょう」テレポーターが提案した。「そのためにどのロボットを出動させるべきか、見当がつきますか？」

「すべては解決ずみだ」

アトランは、ハッチのそばの制御装置のスイッチをいくつか押しこんだ。ハッチが軋みながら横にスライドする。同時にシャベルをそなえた建設ロボット一体が隣室から押しいってきた。予想どおり、開いたハッチから、圧縮された砂と堆積した石がすっかり見わたせるようになる。植物はまだなにも見えない。

ロボットは、シャベルを使うかわりに分子破壊銃のビームで土を溶かした。たちまち作業は進み、発生する土埃をロボットが吸いあげると、数分もたたないうちに長さ五メートルほどのトンネルが出現。すると、ロボットはトンネルを打ちぬき、土と植物をわきに押しやった。

さらなるロボットが、トンネルをひろげるために近づいてくる。

「あまり多くの岩屑を撤去してしまわないほうがいいでしょう」ラスが提案した。「ある程度は、カムフラージュとしてのこしておかないと」

アトランとともにロボットをプログラミングする。基地の出入口を充分にひろげるが、生いしげった植物の天井をたもち、屋根のごとく上に折りたたまれるようにしたのだ。ロボットはしかるべく、植物の天井を支え、崩落しないようにした。こうして、衛星探知によってもそうかんたんには見破られないカムフラージュが完成する。

「すばらしい！」ローダンがふたりの話を聞き、賞讃した。「すでにフェルマーは、アンテナ三本をくりだすことに成功したぞ。頭上の岩屑を突きぬけたんだ」

ローダンはそう告げ、モニター・スクリーンをさししめした。そこには、数百の光点が見える。

「ラオ＝シンは、まるで追いたてられたニワトリの群れのようだ」と、つづける。「グライダー数百機で大陸をくまなく探しているようだが、われわれを見つけだせるとは思えないな」

「それもいいわね」エイレーネが口を開いた。それまで黙ったまま椅子にすわっていたが、いまようやく立ちあがる。「それにより、ファマラーにかまう時間が稼げるもの」

男四人は、驚いて若い女を見つめた。エイレーネはこれまでずっと沈黙を守っていたため、だれも彼女から意見や提案を聞くことになるとは思わなかったのだ。

「ファマラー?」父親が訊いた。「つまり、この惑星にラオ＝シンのほかにまだ知性体がいるというのか?」

＊

ハン・ドアクは、テラナーの惑星においてさらなる旅をつづけたが、ローダンもほかの同行者もふたたび見つかることはなかった。どれほど努力しようとも、わずかなシュプールさえ見つからない。しばらく探しつづけ、無数のほかの生物と遭遇したあと、ふたたび独房にもどった。慎重にふるまい、パラ露を可能なかぎり節約しなければならない。そうわかっているのだから、なおさらのこと。

もっとも、そう気づくのがやや遅すぎたようだ。しずくの蓄えがひどく減っていたから。そうとわかって愕然とする。

ひょっとしたら、もうしばらくこの独房にとどまらなければならないかもしれないのだ。

のこりのパラ露は自分自身のためにとっておく必要がある。自由になる道を外のどこかに見つけるには、自分の能力を利用しなければならないのだから。

そう考えたとたん、ドアが開き、タルカ・ムウンがなかに入ってきた。敵意に満ちたまなざしでこちらを見つめ、

「おまえを解放する」と、告げた。「さっさと出ていけ！」

立ちあがり、ようやく気づく。パラ露のしずく数粒がまだかくし場所にある。だが、もう手遅れだ。もうとりには行けない。試みたところでむだというもの。

タルカ・ムウンのかたわらを通りすぎ、通廊に出ると、ドアが背後で閉じた。

「ここで起きたことをだれかに話そうとはけっして思うな」タルカ・ムウンが告げ、こぶしで技師の背中をたたく。「そんなことをしたら、ただではおかないぞ」

ハン・ドアクは、このあつかいに抗議しようとしたが、自由への扉がどれほど近くにあるかを考えた。その扉が最後の瞬間、鼻先で閉まるようなことがあってはならない。

この数日間で自信を得た。これによって女たちをあまり挑発することがないよう、気をつけなければ。

フベイでは、まさにすべてが宇宙船内とは異なった。女たちはその主要な役割をほかのどこよりもはるかに見せつけてくる。それに、だれもがなぜか神経過敏になっているように見えた。

かれらは、フベイにおいてとりわけ危険な立場にあるのは明白だ。ラオ＝シンの中心惑星は脅威にさらされている。敵対的対立が拡大した場合、戦闘はここでもっとも激化するだろう。大量のパラ露の備蓄を確保し、防御することが重要なのだからなおさらだ。

一連の書類を手わたされた。署名する前に、入念に目をとおす。タルカ・ムウンに急《せ》かされたが、気にしない。慎重にならなければ。実際、文言のなかにそれを受け入れたなら、命とりとなる個所を見つけた。そこに二重線を引いて消し、訂正のサインをしたあと、ようやく書類全体に署名する。

「消えうせろ！」タルカ・ムウンがどなりつけた。「おまえの顔など二度と見たくない。それから、男性運動に加担しようなどとは思うな。おまえのためにならないだろうから」

ハン・ドアクは、驚いて相手を見つめた。

「ああ、そうだ」女があざけるようにいう。「知っているとも。いまいましいことに、おまえにはそうする権利がある。それでも、そこでおまえに出くわすのはまっぴらだ。だから、よく考えてみるのだな、わが友よ」

「そこであなたに会うことはないでしょう」ハン・ドアクが答えた。「暗闇で、いつか喉を切りさかれるのはごめんだから」

「そのようなことを考えることさえ許されない」女は脅すようにいった。「エスポといった存在がいることを忘れるな。おまえの思考に入りこめるのだから」

「それを忘れることは、けっしてありません」ハン・ドアクはそう応じ、書類をつかむと部屋をあとにする。さらなる検問所をいくつか通過し、ようやく通りに出た。はげしい風が、海から吹きつけてくる。入江の上空を漂う大型の鳥の鳴き声が聞こえた。朽ちた藻のにおいが鼻をつく。

ハン・ドアクは、水辺につづく曲がりくねった道を下った。独房に置いてきたパラ露のことを何度も考えてしまう。

あらたな能力が自分をどれほど変えたのか、はっきりとわかった。それについての記憶をあっさり消去し、わきに押しやることはできない。それに、もうあの旅が終わったと、あきらめるわけにはいかなかった。

「いつかふたたび、パラ露を手に入れよう」ハン・ドアクはそうささやきながら、水辺の岩の上に腰をおろした。顔にあたる風が心地よい。向こうの岩礁で砕ける磯波の飛沫《しぶき》が、ときおりここまで飛んでくる。

「かれらはなんとおろかなことか！」ハン・ドアクはつぶやいた。「耐えがたいほどおろかだ。わたしの協力を望まないとは。わたしが男であるというだけで。ものごとを男の目で見ようと、女の目で見ようと、それがなんの役割をはたすというのか？　ひょっとしたら、わたしはものごとを女とはまたちがったようにとらえるかもしれないが、事実を変えることはできない。かれらは、異人を観察する唯一のチャンスをあきらめている。男にその手のことが可能だと認めたくないから」

　ますますはっきりと意識する。わたしはもうパラ露を持たず、それゆえあらたな能力を発揮できない。自分自身から抜けでることがもうできないのだ。ここから遠くはなれた場所で起きる事象をもう見ることができない。まるで失明したかのような気分だ。

「自分でパラ露を入手するまでだ」ハン・ドアクは誓い、石をいくつか、海に投げこんだ。「ふたたび捜索し、ペリー・ローダンを見つけるのだ。ひょっとしたら、そうすればどうにかなるかもしれない。どうにかして、おまえたちエスポに仕返ししてやるぞ」

　ハン・ドアクは立ちあがり、居住地に向かった。雨模様になりそうだ。雨が降りだす前に帰宅できるよう、足早に進む。

　途中までくると、細長い建物に目を向けた。そこには、パラ露のしずく数千粒が保管されている。

　しずくは、エスパーの特殊部隊によって厳重に守られていた。さまざまな保安対策と監視体制が、しずくひと粒たりとも紛失しないように目を光らせている。

　なのに、それは起きてしまった。

　数日前のことだ。ハン・ドアクは、若い女四名がパラ露のしずくの入った箱を保管庫にとりにきたところを目撃した。彼女たちが、小型反重力プラットフォームにのせた箱を運びだしたさい、偶然近くを通りかかったのだ。四名は二十歩も進まないうちに、顧問を連れて下の道にいた庇護者ミア・サン＝キョンを見つけた。四名のうち二名はすでに通りのはずれに到達し、庇護者を見おろしていた。庇護者はこれに気づき、彼女たちを呼びよせた。ふたりは庇護者に近づいていく。そこで、のこりの二名も反重力プラットフォームからはなれ、通りのはずれまで進んだのだ。

この瞬間、ハン・ドアクは未知の誘惑に駆られた。その箱になにが入っているのか、わかっている。まさしく魔法にかかったようにパラ露に惹きつけられた。深く考えることなく、反重力プラットフォームに近づき、電光石火のごとく箱を開けると、しずくを数粒とりだしたのだ。そして、ふたたび箱を閉じると、急いで走りさった。

ずっとあとになってはじめて、自分がなにをしでかしたかに気づいた。自分の行為を悔やんだものの、おのれに打ち勝ち、しずくをもどすことはできない。かわりに実験をしてみた。その結果に驚くあまり、慎重さをことごとく欠いてしまったのだ。

自分がしたことをもう後悔してはいない。ただ、エスポがもっと前に自分の計略を見破らなかったのか、いぶかしく思った。この事実はただ、理由は不明だがエスポがハン・ドアクの思考を読みとれなかったからとしか説明がつかない。

ハン・ドアクは、自分で建てたちいさな家にたどり着いた。ここにはひとりで住んでいる。急いでなかに入り、うしろ手にドアを閉める。一秒たりとも早すぎなかった。その直後、雨粒が窓をたたいたから。

「しずくを数粒、手に入れなければ」ハン・ドアクは声に出していった。「そして、わたしはやりとげるとも！」

＊

そのラオ＝シンは、無数の書類でおおわれた執務デスクの奥にすわっていた。彼女がどのような秩序あるいは決まりにしたがって働いているのかは、わからない。タルカ・ムウンとテレス・トリエには、地区監督官シムレ・ドルテスが、あるときはこれ、またあるときはあれといったぐあいに思いつくまま、手あたりしだいに案件を処理していくように見えた。

この地区のエスパー警察の責任者は、彼女たちよりもかなり年上だった。薄汚いグレイがかった銀色の筋が頭部をはしる。左目半分は、閉じたまぶたによっておおわれていた。たいしてぱっとしない長い職務経歴においていつだったか、パンチを見舞われ、間一髪で失明するところだったのだ。

地区監督官は、両手をデスクの上にならべて置いていた。すると、さまざまな筆記用具と書類をつかみ、整頓しはじめる。やがて、ふたたび両手を定位置にもどした。まるでこうすることで、特別な秩序をもたらそうとするかのように。

このエスパー警察官ふたりが訪ねてきたのは、彼女にとって不都合なだけでなく、理由はわからないが不快でもあるようだ。

テレス・トリエには、かつての彼女がちがって見えたことを思いだせない。いつ訪ねようと、シムレ・ドルテスは、つねに整然とした印象をあたえようとしていた。そして、他人にかまわれることが不快なようだ。ほかのカルタン人とうまくやっていくことができない。それが、あの歳でいまもなお地区監督官の椅子にすわっている理由のひとつなのかもしれない。だれかと話すとき、相手の目からすぐに視線をはずし、たいてい、きわめておちつかないようすでほかの些事《さじ》に手をつけだす。いまもまたそうだ。

「あの申請書ならどこかに置いたはずだが」彼女はそう告げ、書類の山を探しはじめた。それにより、自分自身から注意をそらそうとしただけでなく、この件をおよそタルカ・ムウンとテレス・トリエが考えるような重要案件とは思っていないことを裏づけようとしたわけだ。これが、自分の存在価値をいくらかきわだたせ、他者のそれをおとしめるための彼女なりのやりかただった。

テレス・トリエは、まさにその短所ゆえに、シムレ・ドルテスのことが好きだった。気の毒にさえ思っていた。つねに重圧に喘《あえ》いでいるように見えるから。できれば彼女の力になりたい。とはいえ、それは不可能だとわかっている。シムレ・ドルテスはだれもよせつけないから。噂によれば、私生活においてもひとりきりで狭いアパートメントに住んでいるのだという。失った大恋愛の痛手からいまだ立ちなおれないとのことだった。

一方、タルカ・ムウンは地区監督官のようすを冷ややかにうかがっていた。彼女の失脚を虎視眈々《こしたんたん》と待ちかまえている。シムレ・ドルテスがついに更迭《こうてつ》され、自分がその後任として抜擢されることを願っていたから。

タルカ・ムウンは一歩前に出て、申請書をさししめした。デスクのはしに置かれた用紙は、ほとんど落ちそうだ。シムレ・ドルテスは急いで手を伸ばし、申請書に目をとおした。まるで、いまはじめてこの書類に気づき、ようやく、内容を知ったかのごとくふるまう。

「異人二名が見つかりました」タルカ・ムウンが説明する。「そこに書かれているとおり、ふたりは撃たれたのに、跡形もなく消えうせたというのです」

シムレ・ドルテスはたしなめるように相手を見つめ、

「そうだな。もういい、タルカ・ムウン」と、応じた。「わたしが知らないとでも？」

「いずれにせよ、われわれはここフベイにいるのです」タルカ・ムウンがいささかきびしい口調で告げる。「異人が出現すれば、細心の注意がはらわれるでしょう」

「まさにそれを部下に期待している」シムレ・ドルテスが同意をしめした。「最大の注意をはらってもらいたい」

「まかせてください」テレス・トリエが誓っていう。「まさにそれゆえ、われわれ、ここにきたのです」

「異人を捕らえます」タルカ・ムウンが熱心に告げた。「かれらはわれわれから逃れられないでしょう……この申請書が許可されたなら」

「パラ露が望みというわけか」シムレ・ドルテスが申請書に署名しながら、断言した。「だれもがパラ露をほしがる。あなたたちはそもそも、われわれの備蓄が無尽蔵だとでも思っているのか？」

「この件に関しては、涙のしずくなしにはどうしようもありません」タルカ・ムウンが応じた。「パラ露が入手できなければ、どう動けばいいというのでしょう？」

「それこそ、われわれが一度話しあわなければならない根本的問題だ」地区監督官が応じた。彼女は定規を申請書にあてると、きわめて正確に横線を引いた。

タルカ・ムウンは、どうにか自制した。行動せずにはいられない。官僚主義にじゃまされてなるものか。一方、テレス・トリエは、監督官のことをもっとわかっていた。性急なひとことで、この申請が通らなくなるかもしれない。シムレ・ドルテスの場合、交渉力が重要だ。それさえあれば、どうにかなるだろう。

タルカ・ムウンに口をつぐむよう合図を送ってみる。ところが、野心的な若い女は、黙ろうとしない。

「根本的問題ではなく」と、異議を唱える。「成功戦略の問題です。すこしの損害も被らないうちに異人を見つけたいなら、最適な方法をとらなければ。パラ露のしずく数粒があれば、それがかないます」

「そう、まさにそれなのだ」監督官が非難した。「いまではもうだれも、自分の犯罪捜査能力や、その手の案件にそなえて学んできたことにたよろうとしない。だれもが、可及的すみやかにパラ露をつかもうとする。たとえ快適とはいえないまわり道であろうと目的地に到達できる、多くのちいさな努力をまぬがれようとして。この申請書は却下だ」

「受け入れることはできません」タルカ・ムウンが憤慨したようすでいう。

シムレ・ドルテスは相手を冷ややかに、軽蔑に満ちた目つきで見つめた。

「甘んじてもらわなければ。パラ露の備蓄は乏しい。しずくひと粒ひと粒が大切だ。ヌジャラの涙は、重要段階23に該当する場合のみ引きわたすという指示がある。だが、われわれはまだそのような段階に達していない。申請は却下する」

「ですが、シムレ・ドルテス」タルカ・ムウンが食いさがった。「われわれはそうしなければなりません……」

「出ていきなさい！」

監督官は、執務デスクの向こうで、椅子から滑るように立ちあがった。それでも、さほど大きさは変わらない。すわっているときのほうが大きく見える、いわゆる胴長なのだ。異常に脚が短いため、まるで椅子からそのまま膝立ちしたように見える……およそ感動的とはいえない光景だ。タルカ・ムウンはそれゆえ、さらに異議を唱えようとし、「監督官！」と、迫るようにいった。「わたしは、この件が実際に重要段階23に該当すると思います。それゆえ……」

「もうひとことでもいえば」監督官はどなりつけた。「おまえはまた、ただの一後任候補者に逆戻りだぞ。そして、わたしのこの椅子にすわるまで何年でも待つがいい。さ、もう出ていってくれ！」

あまりの剣幕に、タルカ・ムウンは負けた。驚いて、執務室を出ていく。それでも、通廊に出ると、たちまち気をとりなおした。

「われわれ、これでもエスパー警察なのだ」タルカ・ムウンがうなるようにいう。「そこに、おろかな官僚がやってきて、われわれの任務すべてをだいなしにする。すべてはただ、彼女を愛撫する雄猫がいないというだけで。パラ露なしで、どうやってやってのけろというのか？　教えてもらえないか？」

「遺憾ながら」テレス・トリエが応じた。「涙は、あなた同様にわたしにとっても重要だが、われわれ、どうもやりかたを誤ったようだ」

「われわれに、もっと多くのパラ露がありさえすれば」タルカ・ムウンがため息をついた。「ずっと効果的に動けるのだが。だが、そのためには、いちいちしずくをねだらなければならない。ときおり、すべてを投げだし、ほかのことをしたくなる」

テレス・トリエは笑みを浮かべた。

「よりにもよって、あなたがそういうのを信じろというのか、タルカ・ムウン？　ばかなことをいっていないで、行こう。なにかべつの方法をためすのだ」

「なにかべつの方法だと？」

「そうだ、なぜだめなのか？　ハン・ドアクの供述が本当だと想像してみようではないか」

「ありえない！」タルカ・ムウンが異議を唱えた。「そのようなばかなことをいうな。男は、エスパーにはなりえない。まったくありえない話だ」

「ああ、もうわかったとも！　それほどむきになる理由はない。わたしはただ、ハン・ドアクがパラ露を所持していたのではないかと思っただけだ。しずくがなければ、そもそもうまくいくはずがないから」

タルカ・ムウンは急に立ちどまった。思わず、同僚の腕をつかみ、

「そうだ、あなたのいうとおりだ」と、啞然《あぜん》としていった。「もちろん、男はけっしてエスパーにはなれない。それでも、数粒の涙があれば、その能力を持つと思いこむことが可能かもしれない」

「そして、その涙は、まだ独房内にあるかもしれない」テレス・トリエがつづきを補っ

た。

「とどのつまり、かれはすぐに出ていかなければならなかったから、身につけていたもの以外は、なにひとつ持ちだせなかったにちがいない。そして、パラ露のしずくをズボンのポケットに入れていなかったなら……」

カルタン人ふたりは、監獄のある翼棟まで通廊を走った。

4

「原住民がいるというのか？」ローダンが娘に訊いた。

「ええ、いるわ」エイレーネが応じた。なぜそうとわかるのか、わずかなヒントもあたえずに自分の椅子にもどると、あらぬかたを見つめている。これにより、自分にはさらなる情報がない、あるいは、すくなくともこれ以上なにも明かすつもりがないとほのめかした。

ローダンは、娘の肩を抱き、

「エイレーネ」と、迫るようにいった。「それだけでは充分ではないのだ。われわれは、すでに多くの問題をかかえている。おまえのいう、ファマラーが何者なのかを知るために、これ以上貴重な時間を失ってもいいというのか？　われわれは身動きがとれない。外には何百という捜索グライダーがうようよしているから。ファマラーにかかわることが重要ならば、どこで会えるのか教えてくれ」

「外よ」エイレーネが応じた。「悪いけれど、それ以上はもうなにもいえないわ」

「すばらしい！」アトランがいった。「あとは、われわれが推測できるということだな……さもなければ、どう理解すべきなのか？」

「つねに冷静に」ローダンが友をたしなめた。「そんなにむきにならないでください、アルコンの族長」

アトランは、はっとしたようだ。指の背で目をこすりながら、

「わかったとも、ペリー」と、応じた。「きみのいうとおりだ。エイレーネがもっとなにかを知っているなら、われわれにいうだろう。ならば、外を見てまわろう」

「ひょっとしたら、もうすこし正確に耳をかたむけるべきかもしれません」ローダンが友に忠告した。「エイレーネが外を見てまわるべきといったなら、それもしなければ。ここから遠くはなれたところではなく、出入口のすぐ前を。だれにわかるものですか。ひょっとしたら、ファマラーはすでにわれわれを待っているかもしれません」

男四人は基地の司令室を出て、いまやあらわになったハッチに急ぐ。ハッチが開くと、温かく湿った空気に迎えられた。外は薄暗く、カムフラージュされた葉の屋根の下、あるいはその前にはだれの姿もない。

「見こみはなさそうですね」ラス・ツバイはがっかりしていった。「ファマラーがわれわれを待っていると、一瞬、本当に思ったのですが」

ローダンは、ジャングルの生いしげる葉の壁に目を向けた。そこから、多種多様な動

物特有の音が響く。ちいさな生物数匹が枝から枝に跳びうつるのが見えた。ほのかな光では、ほとんど認識できないが。

「録画映像になんらかのヒントがあるかもしれない。見てみよう」ローダンが提案した。

「実際にファマラーが存在するなら、コンピュータにしかるべきデータがあるはずだ。確認しなければ」

そう告げ、ふたたびハッチを閉じると、ほかのメンバーとともに司令室にもどった。男四人は、まるでラオ＝シンによって生じたほかの問題を忘れたかのようだ。だれもが、ファマラーを見つけだすことにひたすら専念している。それでも、ネットステーションのコンピュータによれば、この惑星には疑いの余地なく知性体は存在せず、これまで存在したこともないという……この宇宙空間出身の訪問者をのぞいて。

「ひょっとしたら、エイレーネの思いちがいかもしれませんね」ラス・ツバイがいった。

「あるいは、〝知性体〟にはまだ分類されない生物なのか」ローダンが応じた。「半知性体なのかもしれない」

「この分類にまだ値《あた》いしない、あるいは、もう値いしない生物かもしれません」フェルマー・ロイドが指摘した。

「そのとおりだ！」ローダンが同意した。「変化がつねに一方向だけというのは、誤った推測だろう」

つづいて、コンピュータに該当データを入力すると、ただちに、ある生物の映像があらわれた。エイレーネはこの生物のことをいっていたのだ。

「ちいさな、サルのような生物です」フェルマー・ロイドが断定した。「アカゲザルを彷彿《ほうふつ》させますね。かれらは森に住み、体長一メートルほど。非常にすらりとしていて、グリーンがかった毛におおわれ、ふさふさした尾三本を持つ。そのうち二本が脚として使われるようです」

「つまり、外のジャングルに住むあの生物です」ラス・ツバイが補足する。「われわれのすぐ鼻先に。サルではなく、半知性体のようです。ウィボルトのいっていた、原住種族かもしれません」

「五万年ものあいだ、進化しなかった生物か」アトランがつけくわえる。

「それは、これからはっきりするでしょう」ローダンが異議を唱えた。「五万年は、長い歳月です。ひょっとしたら、ほんものの知性体になる直前まで進化し、なにかしらの出来ごとによって後退したのかもしれません。この関連において、ラオ＝シンがよりによってこの惑星を主基地として選んだということも、わたしには重要に思えます。ただの偶然なのか、それとも裏にさらになにかがかくされているのか？　かれらは、この惑星にこの手のステーションがあることを知っているのか？　そして、もしかしてそれを探しているのか？　ラオ＝シン・プロジェクトとなにか関連があるのか？」

ラス・ツバイとフェルマー・ロイドが基地のさまざまな設備に専念するあいだ、ローダンとアトランはコンピュータによる作業に集中した。ふたりは苦労しながら、自分たちにとり重要な情報を慎重に探っていく。そのさい、ファマラーが人工的に制御された遺伝子退化を遂げたことがしだいに明らかとなった。

「いつか、だれかが、このサルたちで遺伝子実験をしたわけか」アトランがとうとう結論づける。

「ええ、いつか遠い昔において」ローダンが同意した。「おそらく五万年前に」

「それは、まったくありえるな。記録からは、それが大昔だったことしかわからない。五万年前のことかもしれない。あるいは、それ以前か、それよりもあとか」アルコン人が注意をうながした。「正確には、いまとなってはもうわからないが」

「いずれにせよ、その未知者は、ファマラーが知性体になる機会を排除しようとしたわけです」

「われわれ、この生物のことをもうすこしくわしく調べるべきだな」アトランが提案した。「すくなくとも、日中にしばらく観察してみないと。ひょっとしたら、映像をいくつか撮影し、あとでシントロニクスに分析させるという手もある。かれらが言語を持つなら、それについてもなにかわかればいいのだが」

「成功するとは思えませんが、とにかく、ためしてみましょう」ローダンは娘を見つめ、

「だれがあのサルたちを遺伝子操作したと思う?」

エイレーネは肩をすくめ、

「悪いけれど、つねに断片的知識しか頭に浮かばないの。それらのつじつまが合わないこともしばしば。実験については、ほとんどなにもわからないも同然よ」

「ほとんどなにもわからないも同然だと?」アルコン人が訊いた。「つまり、すこしはわかるということか?」

「カルタン人のような気がするわ」エイレーネがアトランに明かした。

「カルタン人が」アトランが考えこむようにいった。「この惑星で五万年前に? だが、なぜだ? 当時すでに、そのような方法で惑星を確保しようとしたのか? ほかの知性体がこの惑星に対する所有権を主張するのを防ごうとしたのか?」

「それは推測にすぎません」ローダンが異議を唱えた。「忘れましょう。実際、われわれにとってなんの得にもなりませんから」

「いずれにせよ、ファマラーがその発展を阻止されたのはたしかだな。進化するかわりに、退化した。一種族全体がその将来を奪われたということ」

フェルマー・ロイドが、司令室にもどってくると、

「カルタン人のグライダーが付近でうようよしています」と、報告した。「なにかが、かれらの注意を引きつけたようです」

「で、かれらの思考からなにも読みとれないのか？」アトランがいぶかしげに訊いた。

「遺憾ながら。ためしてみたのですが、特定の思考はなにひとつ、とらえられませんでした。ますます多くのグライダーが接近しています。それがひたすら気がかりです」

「ならば、なんらかの対策を立てなければ」ローダンが立ちあがった。「ラスには、大陸のべつの一角にかれらを誘導するようにしてもらいたい」

「そのように伝えます」テレパスがドアに向かった。そこで立ちどまると、ふたたび振りむき、「ほかにもまだ、気がついたことがあります、ペリー。それは、われわれに対する捜索とはまったく関係がありませんが」

「と、いうと？」

「奇妙にも、ラオ＝シンは、Ｍ－３３……そこにはすくなくともかなりの星間帝国が建てられたはず……のカルタン人が新植民地のどの惑星に移住すべきか、まったく考えていないのです。すくなくともクマイは除外されます。氷地獄だから」

「それについて、なにも考えていないだと？」アトランが驚いたようすで応じた。

「この件に関する会話をいくつか盗聴してみました」フェルマーが報告する。「ですが、この問題については、だれもまったく口にしません。ラオ＝シンは、高位女性に全幅《ぜんぷく》の信頼をよせています。まさに盲目的にしたがっているのです。いかなるたぐいの批判もありません。すくなくともこの観点においては」

「実際、かれらが四つの星系からなるラオ＝シンの植民惑星以外の惑星に移住しようという動きはあるのか？」アトランが訊いた。「この点に関して、なにかわかるか？」「その者は、この件に携わっています」テレパスが応じた。

「一幹部を長いこと観察し、盗聴することができました」テレパスが応じた。「その者は、この件に携わっています。その話を信じるならば、ラオ＝シンは四星系植民国家タルカニウムでひっそりとした生活を送り、戦士崇拝の注意を引きつけないがために、宇宙航行諸種族とのコンタクトを可能なかぎり避けているようです。もちろん、第五列、つまりスパイ組織のようなものは存在します。特殊訓練を受けたエスパーがいて、スパイとしてほかの惑星に派遣されるのです。ですが、そこでもできるだけめだたないようにしています。四惑星以外の惑星を植民地化するという動きはありません。それは、ラオ＝シン・プロジェクトには組みこまれていないのです」

「かれらがそれほどびくびくし、かくれようとするならば、実際、われわれが最近までラオ＝シンに気づかなかったのも不思議ではないな」ローダンがいう。「感謝する、フェルマー！　ラスには、われわれに近づきすぎる者がないよう、注意してもらいたい」

「伝えます」

＊

ハン・ドアクがふたたび家を出たのは翌日だった。耐えがたい辛労から、わずかに回復したあとのこと。依然として、パラ露のしずくを入手し、さらなる実験を試みるというもくろみが頭をはなれない。これを極秘裡《り》に実行し、ふたたびエスポにおさえこまれることがないようにしよう。

居住地は慌ただしさが支配していた。保安任務をもになう宇宙防衛軍近くの敷地から、頻繁に武装グライダーが飛びたつ。ほかの機体は、出撃からもどってきたものだ。

高まる活気は、都市ハンガイ全体に影響をおよぼしていた。いたるところで、保安部隊員の姿が見られる。たいてい、白いコンビネーションを着用していた。

「なにがあったのだ？」ハン・ドアクは、恰幅のいい男に声をかけた。男は買物袋を背負い、ショッピング・センターからもどってきたところで、曲がりくねった坂道を苦心惨憺《さんたん》してのぼっている。よく知る男だ。ソムヌアク・ロールはいささか自負心のある男だが、妻の尻に敷かれ、まいっていた。妻は自分よりも聡明なのだから、しかたがない。妻に説教されるとき、自分の意見を述べるのはとうにあきらめていた。

「よくわからないが」ソムヌアク・ロールが応じた。「異人が見つかったらしい。どうやら、下の入江にいたようだ。発砲したが、命中しなかったとか」

「エスポがきっと、捕らえるだろうよ」ハン・ドアクが応じた。「かれらは、なにもかも引っとらえる」

「相手の思考が読めるからな」ソムヌアク・ロールがうなずいた。「妻も同じことをいう。だれも彼女の前で自分の考えをかくすことなどできやしないのさ」

「それを忘れるなよ」ハン・ドアクは笑いながらいった。「きみがときおり、そんなふうになにを考えているか、わかってるかもしれないぞ！」

相手の目が暗くなった。ハン・ドアクに向かって身をかがめ、

「とりわけ、妻がエスポに属していなくてほっとしたよ」と、ささやいた。「ヌジャラのおかげさ。妻がエスパー能力に恵まれなかったのは」

「いや、彼女には〝ヌジャラの涙〟も役にたたないだろう」

「さいわいにもな。困ったことに、あの女はもう充分にひどい。このうえ、わたしの思考を嗅《か》ぎまわられたなら……想像を絶するな！」

友はそういって笑った。ぱんぱんに詰めこまれた買物袋をあらたに両手に持ちかえ、別れを告げるようにうなずくと、歩きだした。

「ま、見ていろ」ハン・ドアクがつぶやいた。「かれが頭のなかでなにを考えているのか、だれにわかるものか？　ひょっとしたら、だれもがかれを過小評価しているのかもしれない」

下の入江にある場末の酒場のひとつを訪ねた。男ばかりが集まる場所だ。ここには、ほとんどの女が忌み嫌う安酒が置かれ、ほかにも、エスポによる立入り検査が行なわれたら、捕まってしまいそうなしろものがいくつか買える。

ハン・ドアクは疑問に思ったもの。エスパー警察がこれを手をこまねいて見ているだけとは。ときおり、ひとりごちてみる。おそらく、エスポは大目に見ているだけでなく、鬱積《うっせき》した欲求不満のはけ口を男たちにあたえるために、奨励《しょうれい》しているのではないか。

とはいえ、それについていまは考えたくない。男ふたりのいるテーブルに近づき、席についた。ふたりとも、ずいぶん昔に宇宙船内で知り合った友たちだ。すでに何度か、かれらからさまざまな薬物を買ったことがある。それゆえ、ふたりはハン・ドアクが信用にたる男だとわかっていた。

「聞いたところでは、監獄にいれられたんだってな」スタクト・ドゥがいった。肩幅のひろい、ダークブラウンの毛なみをした男だ。頭頂部の筋は銀色ではなく、真っ白だ。この褪色は事故によるものだった。

「本当の話だ」ハン・ドアクが応じた。「それは実際、わたしにとり証明書になるかもしれない……そうだろ？」

スタクト・ドゥもガマルス・タラシュも笑った。

「つまり、いまきみの尻には、監獄の簡易ベッドがいやおうなしにのこした斜線があるわけだ」友が断言する。「IDカードとほとんど同じだな。もっとも、きみが口をつぐんでいられなかったから捕まったってのは、もちろん、かならずしもきみの得にはならないだろうがね」

「そのようなことは、わたしの身にはもう二度と起こらないさ」ハン・ドアクが宣言した。「かれらが、わたしについてこれ以上知ることはないから」

ハン・ドアクは一時間ほどふたりと話しこんだ。その間、何杯か友たちに酒をおごり、とうとう、自分にとり本当に興味深い話を切りだした。

「聞いてくれ」ハン・ドアクはささやいた。「じつは、パラ露のしずく数粒を探している」

「頭でもおかしくなったのか」ガマルス・タラシュが応じた。ちびで、片目が義眼のため見えない。医療ミスのせいだ。手術直後、ウィルス感染により、視神経の大部分が破壊されてしまったのだ。その結果、完全に機能したはずの目が見えなくなってしまった。

「もちろん、頭がおかしくなったのさ」ハン・ドアクがにやりとしながら、肯定した。

「で？」

「いまは、大騒ぎさ」スタクト・ドゥが告げた。「聞いた話では、エスポのさまざまな部署がヌジャラの涙を入手しようとしているが、いくらかでも得られた部署はわずかだけ。現在、パラ露は非常に渇望されている」

「それどころか、エスポ幹部のなかには、すでにパラ露を得るために庇護者ミア・サン＝キョンに直訴した者さえいるらしい」ガマルス・タラシュがつけくわえた。

「このような状況では、きみにすこしのチャンスもないよ。あるいは、それほど急ぎなのか？」

「もちろん、急を要するものではないさ」ハン・ドアクが応じた。「なぜ、急ぐ必要がある？」

「いったい、それでなにをするつもりなのだ？」スタクト・ドゥが訊いた。「魅力的なニャンコでもひっかけたのか？　それで、彼女がきみの願望を脳みそから直接読みとれるよう、入手したいとか？」

ハン・ドアクは大声を立てて笑い、さらにいっぱいずつふたりにおごった。

「すまないな、ハン・ドアク。わたしは、きみが望むものすべてを手配できる。必要とあらば、エスポ監督官とのランデブーさえ。だが、パラ露だと？　いや。申しわけないが」

ハン・ドアクはがっかりした。支払いをすませ、出ていこうとすると、突然、ガマルス・タラシュに腕をつかまれる。

「わたしがきみに提供できるのはせいぜい、住所だけだが」友は低い声で告げ、数字の組み合わせをささやいた。

ハン・ドアクは驚きのあまり、おちつかないしぐさで感謝をしめすほかなかった。酒場を出ると、高台の自宅まで急ぐ。そこからさらに数歩進み、あるドアをノックした。長く待たされることなくドアが開くと、ソムヌアク・ロールが怪訝《けげん》そうに顔をのぞかせる。

「なにか用か、ハン・ドアク？」

「奥さんはいるのか？」

「いや。わたしひとりだけだ」

「パラ露が必要なのだ。可及的すみやかに」

ソムヌアク・ロールは驚いて、友を引きよせ、

「きみはそのようにわめき散らさないといられないのか？」と、歯擦音をたてた。「いまいましい。いまの話がかれらの耳に入ったら、わたしは殺される！」

ハン・ドアクは自分の用件をくりかえした。すでにソムヌアク・ロールは、友がなにを望んでいるのかわかっていたが。

「おろか者！」友が歯擦音で返した。「だれかにこの会話を聞かれたら、あるいは、エスポがきみの思考を読んだなら、われわれはおしまいだ。頸を切り落とされるだろうよ」

「わたしの思考は、どうやらきみの思考同様に、かれらにはほとんど読めないようだ」

ハン・ドアクが応じた。

「家のなかに入ろう。そこなら、じゃまされずに話せる」ソムヌアク・ロールが急きたて、家のドアを開ける。

この瞬間、鋭い口笛が聞こえた。友が身をすくませる。まるで、鞭《むち》に打たれたかのようだ。友は不安そうに振りむいた。

いささか太りぎみのソムヌアク・ロールの妻が通りをあがってくる。彼女の銀色の筋はいささかまばらで、どうやら毛づくろいが必要なようだ。左目は、半分閉じたまぶたによっておおわれていた。いつだったか、パンチを見舞われ、あやうく失明するところだったという。

「やあ、シムレ・ドルテス！」ハン・ドアクが声をかけた。「もう仕事は終わったのかい？」

「そのとおりだ」地区監督官が応じた。「あなたたちふたりは、まるでなにかたくらんでいるようだな。どうやら、わたしはちょうどいいタイミングでもどってきたらしい」

そう告げると、夫をにらみつけ、

「夕食の準備はできているのか？」と、訊いた。その口調で、彼女がほかのすべてはさておき、まさにそれだけは期待していないとわかる。「ああ、もちろん、ご近所さんとおしゃべりしたり、ショッピング・センターをうろついたりするだけで一日すごしていたわけだな。ああ、男たちときたら、いつまでたってもかわりばえしないのだから！」

5

ラス・ツバイは丘の上に立っていた。そこから、ジャングルの樹冠を見わたすことができる。フェルマー・ロイドの観察は正しかった。ラオ＝シンが、ますますネットステーションに近づいてくる。まるで、捜索の終着点がそこにあるのをすでに知っているかのようだ。

なにか手を打たなければ。

入江の居住地のはずれにテレポーテーションする。すでに、あたりは暗い。近くに、カルタン人が足繁く通う酒場がある。どうやら、かなり強い酒があるのか。店から出てくるラオ＝シンたちの脚がおぼつかないようだから。

ラスは近くにからっぽの樽を見つけた。男数人がパブから出てきたとき、ラスはそれを蹴った。樽は音を立てながらちいさな坂をかれらに向かって転がっていく。

男たちは、とほうに暮れて樽を見つめるばかりだ。そのうちのひとりが、防御するように腕を伸ばした。だれもが樽を避けようとしたが、うまくいかない。大きな叫び声をあげながら、樽の下敷きになる。

「悪いな、友よ」ラスがカルタン語でいった。「ちょうど、この樽がじゃまだったから」

カルタン人たちはラスを見あげ、たちまち酔いからさめた。うなり声をあげながら、跳びかかってくる。ラスは二メートル近くまで男たちを引きつけると、安全な場所に避難した。

実体化したのは、ショッピング・センターのまっただなかだった。たくさんのラオ＝シンが、天井まで高く積みあげられた商品のあいだを買物カートを押しながらめぐり、自分が必要とするものを集めている。若い女がラスに気づき、叫び声をあげた。その瞬間、ほかの客たちもテレポーターに気づく。

ラスの目に、缶を塔のように積みあげる小型の球形ロボットの姿が跳びこんできた。すでに二百個ほどの缶を積みあげ、きわめて装飾的な構造体をつくっている。

「まさにそのような缶がほしかったんだ」ラスはそういい、最下段の缶のひとつに手を伸ばした。

「いいえ！」そばにいた、太った女が叫んだ。ナイフのように鋭い鉤爪をくりだし、いまにもラスに跳びかからんばかりだ。

「だが、ほかのは気にいらないのだ」テラナーはそういうと、つかんだ缶を引きぬいた。

音を立てながら塔全体が崩壊し、カルタン人が四方八方へ逃げていく。年配の男が箱形の容器をラスに向かって投げつけたが、命中しない。

ラスは、怒りくるう男女の鉤爪から逃れるため、棚のうしろにテレポーテーションした。実体化したのは、水槽を手にした背の高いラオ＝シンからわずか数歩しかはなれていない場所だった。水槽は水で満たされ、黄色い魚が数匹、そのなかで泳ぎまわっている。

「こっちだ！」男が大声で叫んだ。「みんな、こっちにきてくれ！　逃がすものか」

ラス・ツバイのすぐ隣りには、豪華な花が生けられた花瓶があった。

「なにもかもぶっちゃけなくともいいものを」テラナーはそういい、花瓶を手にとると、男に向かって投げつけた。「受けとめろ！」

男は本能的に両腕を上に伸ばし、そのさい、水槽が落下する。水槽は音を立てて床に衝突し、粉々になった。水がネコ型生物の足にかかり、魚ははげしくもがきながら床を跳ねまわる。

「ほかの者に魚を横どりされないよう、せいぜい気をつけるんだな」テラナーが笑い、ショッピング・センターの通廊を走っていく。出入口の手前で、ちょうど、買った品物をバッグに詰めなおしている女カルタン人にぶつかった。黄色い液体の入ったガラス瓶が、手から落ちる。それを、ラスはうまくキャッチした。

は床に衝突し、粉々に飛びちった。

「すまない」テラナーはそう告げ、女に瓶をさしだした。「本当にすまなかった！」

女は思わず瓶に手を伸ばしたが、ラスがこの瞬間、瓶を落とした。音を立てながら瓶は床に衝突し、粉々に飛びちった。

若い女は怒りの叫び声をあげ、黄色い液体がその足にかかる。

「ひどい目に遭わせてやる」女はうなり声をあげ、跳びかかってきた。だが、その鉤爪は空を切っただけ。ラス・ツバイが非実体化したのだ。樽を転がした場所にもどった。

酔ったラオ＝シンたちは、すでにショッピング・センターに駆けこんだようだ。いま、そこから男女が叫び声をあげながら出てきて、エスポを呼んだ。

だれかが警報をはなち、いまや、居住地全体が混乱におちいった。明かりが灯りはじめ、いたるところで、ラオ＝シンが家々から出てくる。

ラスは、木々のあいだに駐機されたグライダーをいくつか発見した。そこに近づき、すばやく考える。自分に対する注意をそらさなければ。とはいえ、あまりやりすぎてはならない。

テラナーは機体を調べ、たちまち確信した。これなら飛べるだろう。脱出を試みたと見せかけるのに、まさにおあつらえむきだ。それゆえ、複合銃を最低出力に調整し、機体尾部を撃った。期待どおり、物質が燃えはじめる。ちいさな炎がビームの命中した穴からあがり、ゆっくりとひろがっていく。

ラスは平然と機体に乗りこみ、発進させると、南東に向かった。

まさしく期待どおり、カルタン人はたちまちこれに気づいた。入江のいたるところで、戦闘グライダーが飛びたち、燃えるように明るいエネルギー放射が頭上をかすめていく。ラスはこの威嚇《いかく》射撃を充分に重く受けとめ、安全な場所に移動することにした。海岸の切りたつ岩壁にジャンプすると、ラオ＝シンが燃えるグライダーを追跡し、ついに居住地から一キロメートルはなれたところで撃ちおとすのを安全なかくれ場から観察する。機体は、火の玉と化し、消滅した。

こんどは、自分が逃げのびたことをラオ＝シンにしめすことが重要だ。あたりを見まわし、およそ一キロメートル南東の海岸にキャンプファイアの明かりを発見する。炎の近くにテレポーテーションすると、そばでしっかり抱きあう若いカルタン人カップルが視界に入った。数歩先の波打ちぎわには、水面までつづく砂利浜に飛翔グライダーが停められている。

ラスは機体にテレポーテーションし、発進させると、二メートルほど前に動かした。そこで、エンジンをとめる。機体はゆっくりかたむき、下に向かって滑っていく。

後部窓から、若い男カルタン人が見えた。大股で近づいてくる。

グライダーは砂利浜を滑り落ち、テレポーターは脱出するため、炎に向かってジャンプした。このとき、波打ちぎわに立ちつくす若者が目に入る。恋人が男のもとに駆けつけ、ふたりともなすすべもなく、グライダーが音を立て崩壊しながら砂利の上を海に吸いこまれていくのを見つめていた。

「悪いな」ラスが告げた。「本当は、あの機体で逃げるつもりだったのだが、どういうわけか、うまくいかなかったんだ」

ふたりの反応は、ほかのラオ＝シンとちがわなかった。怒りの叫びをあげ、つかみかかろうとする。そのさい、ナイフのように鋭い鉤爪をくりだし、ラス・ツバイをつき刺そうとした。

テラナーは、戦うつもりはなかった。ジャンプして、安全な場所に避難する。高い岩壁からさらなるターゲットを探し、すぐに南東の技術構造体を見つけた。海岸の岩礁の上に高くそびえ立ち、ちいさな光点がその先端を旋回する。

近づいてみると、一種の探知基地のようなものだとわかる。どうやら、宇宙空間におけるカルタン人の機体を制御し、監督するのが役目のようだ。ラオ＝シン数名が、基地を整備し、さらなる部材による拡張作業にあたっている。五機が、ややわきのはなれたところに駐機されていた。かれらが乗ってきたものだろう。ラスはそこまでジャンプし、複合銃を分子破壊銃に切りかえると、四機のエンジンを破壊した。それから、五機めに乗りこみ、発進させる。カルタン人は、たちまちこれに気づいた。はげしい身ぶりで、機体を停止させようとする。テラナーは、十メートル上空からさりげなく手を振り、反重力装置を探知基地に向けると、エネルギー・ブラスターで技術構造体のまんなかを数回撃った。

カルタン人がほかのグライダーに駆けより、発進させようとするがむだに終わる。すると、かれらが通信装置で警報を発するのが見えた。テラナーはグライダーを南東に向かわせ、加速する。

ラスはすでに確信した。追跡されるにちがいない。ラオ＝シンがこちらの意図に気づくほど、自分が目だつふるまいをしていないといいのだが。

暗闇から、グライダーが飛びだしてきた。驚くほどの数だ。ラスはたちまち気づいた。そのほとんどが自分の乗る機体よりも速い。乗員を長いことからかうことはできないだろう。たちまち追いつかれるだろうから。

エネルギー放射が機体のかたわらをかすめたとき、ラスはグライダーをはなれ、ネットステーションにもどった。

＊

テレス・トリエは、壁のアルコーヴにパラ露のしずくを見つけた。

「ここにひとつあるぞ」

「ひとつか？　ひと粒だけなのか？」タルカ・ムウンががっかりしたようすでいう。彼女はすでに、独房のほかの一角を探しおえていた。

「ひと粒だけだ」テレス・トリエは、そのしずくをポケットにしまう。

「ちょっと待て！」タルカ・ムウンが抗議の声をあげた。「そう急ぐな。それは、あなただけのものではない。わたしのものでもある」

「思いちがいだ」テレス・トリエが反論した。「あなたのものでもわたしのものでもない。これは、庇護者あるいは、ひょっとしたらラオ＝シン種族のものだ。われわれのどちらかのものではない」

タルカ・ムウンは、驚いて相手を見つめた。これほどの抵抗に遭うとは。よりによって彼女が逆らうとは思わなかった。自分の目には、テレス・トリエはあまりに柔和で弱腰にうつる。公平や妥協をもとめる彼女の姿勢を弱点ととらえていた。テレス・トリエがこれまで囚人に対し、必要とされるきびしさで自分の意志を押しとおしたことがあったか？　彼女がこれまで囚人に同情することなく、犯罪者としてふさわしくあつかったことがあったか？　むしろ、あまりにその傾向があるせいで、テレス・トリエは囚人に対して不適切な感情にごく頻繁に支配されたのではなかったか？

そして、よりにもよってそのテレス・トリエが、いまわたしに抵抗するとは！

「いまの話はどういうつもりだ？」タルカ・ムウンが、鋭い口調で訊いた。「目撃された異人ふたりをわれわれが捕まえようとしていることを忘れたのか？」

「忘れるものか」テレス・トリエが冷静に応じた。「まさにそれゆえ、申請書を提出したのだ。だが、ここにしずくはひと粒しかない。だから、異人狩りに行くことができるのは、われわれふたりのうちのどちらかだけだ」

「そして、それはわたしだ」タルカ・ムウンがどなりつけた。

「あなたは、激怒のあまり冷静さを失っている。冷静な判断を欠き、いきすぎた熱意ですべてを危険にさらすだろう。ついでながら、監督官には雄猫がいる。結婚しているのだ」

「ずいぶんと、まぬけな男がいたものだ」

「ひょっとしたらな。だが、あなたはどうだ？　あなたを愛撫するような相手がいるのか？　ひょっとしたら、あなたには必要なのかもしれないな。まともな感覚になるように」

タルカ・ムウンは憤慨しながら立ちあがった。燃えるような視線で同僚を見つめ、おもむろに鉤爪をくりだす。テレス・トリエは驚き、あとずさりした。相手は、まるで殺人をも厭《いと》わないかのように見える。

そのとき、カルタン人数名の足音が近づいてきた。

「この独房がただちに必要になった」小柄な女が告げた。拘束された囚人ふたりを連れている。「これに対し、異議がないといいのだが。さもないと、場所がまったく見つからない」

「わかった」テレス・トリエが応じた。「われわれは出ていくから。この監房を使うがいい」

そう告げ、通廊に出た。タルカ・ムウンが急いでそのあとを追い、

「まだひとつ、いっておくことがある」と、ささやくようにいう。「わたしは、そのしずくがほしいのだ。わかったか？」

「それについては話しあおう」テレス・トリエが応じた。「じっくり腰を据えて。ふたりでわけあえないか？　半分ずつでどうだ？」

「ひと粒まるごとほしいのだ。わたしには、エスポにおいてさらに多くの計画がある。まもなく、わたしは昇進するだろう。そのために、そのしずくが必要なのだ」

「監督官のいうとおりだな、タルカ・ムウン。あなたはもう一度、警官としての捜査技術に磨きをかけるべきだ。ＥＳＰ能力にすべての期待をかけるのではなく。あす、このしずくについて話そう」

「あすだと？　それまでに、ひょっとしたら、異人ふたりが捕まるかもしれない」

「それがどうした？　まだほかにも、自分を目だたせる方法はあるだろう」

「あなたは、自分のためにそのしずくを使わないのか？　ふたりで合意するまで、待つつもりか？」

テレス・トリエは笑みを浮かべた。

「わたしはひとりではなにもしないつもりだ。わたしを信じてくれてかまわない。だが、あなたにはそうかんたんにこのしずくをわたさない。それも、たしかだ。わたしなりの考えがある。わたしも、あなた同様に異人を捕らえたい。とはいえ、わたしにはラオ＝シン・プロジェクトが重要だ。それは、わたしにとり出世よりも大事なもの。それゆえ、たとえ、かならずしもあなたの出世の助けにならないとしても、自分が正しいと思うことをするつもりだ。では、またあす」

タルカ・ムウンはテレス・トリエがドアの向こうに消えるまで目で追った。その目は、憎しみに満ちていた。

テレス・トリエの言葉にショックを受けた。自分には夫はいない。恋人さえいない。これまで、近づいてくる男たちをことごとく拒絶してきた……ひとつは、自分でも説明のつかない、男性に対する根深い恐れから、もうひとつはじゃまされることなく出世したいという欲求からだ。

いまや、わかった。男性との接点がないことが自分の弱点なのだ。とはいえ、傷ついたのはそう認識したからではなく、その弱点をテレス・トリエが知っていたという事実だった。

「いつか、おまえを破滅させてやる」自分の執務室に向かいながら、ささやくようにいった。「わたしを怒らせるとどうなるか、教えてやろう」

テレス・トリエがどういおうと、パラ露のしずくを奪うことにした。

ところが、実際は予想とはまったくちがった展開になる。次の数日間、あまりにやるべきことが多く、テレス・トリエと自分には、ふたたび例のパラ露を気にかける時間がなくなったのだ。浅黒い肌をした異人の不意の出現だけではない。内部調整が必要とされるほかの出来ごともあったから。それにあらゆる集中力を費《つい》やさなければならなくなる。

いらだちながらも、タルカ・ムウンはチャンスをうかがっていた。

聞いたところでは、庇護者ミア・サン＝キョンは危機対策本部を立ちあげ、もっとも有能なエスポ幹部を招集したらしい。そして、タルカ・ムウンがひどく憤慨したのは、自分に声がかからなかったことだった。異人たちは大警報を生じさせ、ミア・サン＝キョンは異人の捜索を開始したという。

タルカ・ムウンは、この件について話しあうため、カラ・マウの自宅に向かった。このエスポ幹部が自分と同じくらい野心的で、自分に負けず劣らず、他人のことなどおかまいなしだと知っている。

タルカ・ムウンが到着したとき、カラ・マウはちょうど、それまでいっしょにいた青年と別れたところだった。彼女は意味ありげな笑みを浮かべ、同僚を部屋に通した。室内には、酒のにおいがまだひどくのこっていた。

「換気でもしたらどうだ？」タルカ・ムウンがいらだちをあらわに訊いた。「ここは、安いラブホテルのようなにおいがする」

「わたしを怒らせたいなら、すぐに帰ってくれ」カラ・マウが平然と応じた。「嫉妬など願い下げだ、友よ」

同僚はそう告げ、窓を開けた。

「われわれ、任務中ではない」タルカ・ムウンに注意をうながす。「だから、礼儀をわきまえろ。さもないと、すぐに追いだすからな！」

タルカ・ムウンは反抗的に唇をつきだし、椅子に腰かけた。ふたたび自制をとりもどすまで、いくらか時間がかかる。カラ・マウがテーブルからグラスをいくつかかたづけ、枕を正しい位置にもどすあいだ、腹立たしげに目をそらした。

「なにか用か？」

「大警報の件だ」タルカ・ムウンはためらいがちに告げた。「われわれには声がかからなかった。どうやら精鋭部隊にはふさわしくないらしい。ほかの幹部連中と同じくらいうまく、異人たちを捕まえられるというのに。ひょっとしたら、われわれのほうがさらにうまくいくかもしれない」

「テレス・トリエから聞いたよ。ふたりで監督官に直訴し、却下されたそうだな。あなたたちにはパラ露ひと粒もあたえられないだろう」

「そうだ。あのおろか者はパラ露の備蓄を惜しみ、そこからひと粒たりとも出さないつもりだろう。この状況では、もちろんわれわれになんの勝算もない」

カラ・マウはキッチンにおつまみをとりにいき、同僚にもすすめたが、タルカ・ムウンは手をつけなかった。太りすぎには非常に気をつけていたから。そもそも、だれのために理想的体型に近づこうとしているのか、自分でもまったくわからない。

「つまり、なにか手を打つべきだといいたいのだな」カラ・マウが応じた。

「そのとおりだ」

タルカ・ムウンは立ちあがった。自分の提案を説明しようとしたとき、突然、同僚の手から皿が落ちる。カラ・マウはからだを起こした。全身を震わせ、両手で喉を押さえている。両目が見ひらかれた。同時に色が変わり、血のように赤くなる。すると、まるでだれかに足をすくわれたかのように見えた。突然、床に倒れたのだ。

タルカ・ムウンは同僚の上にかがみこんだ。

「どうしたのだ?」つかえながら声をかける。「なにがあった?」

カラ・マウは答えない。血が目からも鼻からも流れた。

タルカ・ムウンは同僚の胸に耳を押しあててみたものの、鼓動がもう聞こえない。蘇生を試みたがむだだった。カラ・マウの心臓はすでに停止していたから。

タルカ・ムウンは救急センターに通報した。もはやまったく望みがないとわかっていたが。それでも、この場に医師を呼びよせたい。なぜカラ・マウがこれほど突然に死んだのか、医師なら説明できるかもしれない。

6

数日が経過した。ペリー・ローダン、アトラン、フェルマー・ロイド、ラス・ツバイ、エイレーネはネットステーションで集中的に作業にあたり、大量の情報を入手した。

ラスは、ラオ＝シンが捜索をほかの地域に集中させたと確信すると、出かける頻度を大幅に減らした。

「状況がどうであれ、ほかのかくれ場を用意しようと思う」ローダンが決意した。「ネットステーションは、危険にさらすにはあまりに貴重すぎる」

「すでに、しかるべき提案をまとめてみた」とりわけ集中的に、惑星の遠距離探査にあたっていたアルコン人が応じた。「われわれには、さまざまな可能性がある。とはいえ、ラスとフェルマーにまず現地を確認してきてもらわなければ」

アトランが、作成した資料をミュータントたちに手わたすと、ふたりは基地を出ていった。

ラスは、テレパスを連れ、大陸の南海岸に位置するカルタン人居住地の西側にそびえたつ急な円錐形の岩にテレポーテーションした。

「ここは、巨大な洞窟にちがいない。このなかなら、基地をととのえられるだろう」ラスはそう告げ、フェルマーに書類数枚を手わたした。「そこにすべて書かれている。ひとりにしてかまわないか？」

「もちろんだ！」テレパスが応じた。「問題ないとも。外の島を見てきてくれ。ひょっとしたら、島のほうがもっと基地に向いているかもしれない」

「またあとで」テレポーターは友に手を振り、姿を消した。

フェルマーはあたりを見まわした。ここは、海抜二百メートルほど。ほとんど垂直に切りたつ壁のなかだ。岩壁の大部分が崩れおち、いたるところで岩棚が形成されていた。その上に、歳月の経過とともに多くの植物がよりどころを見つけていた。いまや、洞窟の出入口を部分的におおっている。

フェルマーは草むらに腰をおろし、居住地のようすをうかがった。そこまでは十キロメートルくらいだろう。入江からほど遠くない場所に、一隻の宇宙船が着陸する。テレパシーの触手を伸ばしてみた。驚いて身をすくめる。この惑星で遭遇するとは、想像もしなかった友の思考をとらえたのだ。

「ブリー！」声に出していった。

レジナルド・ブルに意識を集中させる。この瞬間、思考をブロックしていないようだ。

おかげで、きわめて重要な一連の情報を入手できた。

フェルマーはテレパシーの触手を引っこめると、このニュースを伝えるため、ローダンとプシカムで連絡を試みた。

「ブリーが、庇護者ミア・サン＝キョンに監禁されています」と、報告する。「当初、クマイで捕まったようですが、たいして自分の身の上を案じていないようです。仲間のヴィーロ宙航士も、ブリーがここに連れてこられたことを知っています。ゆえに《エクスプローラー》が早晩、フベイにあらわれると予想できるでしょう」

「ブリーに連絡をとることは可能か？」ローダンが訊いた。

「プシカムで連絡してみます。思いちがいでなければ、ブリーはプシカムを携帯しているはず。イルミナが用意したカルタン人のバイオ・マスクを装着していたのですが、見破られたようです。とはいえ、装備をすべて奪われたわけではありません。充分にうまくかくしたみたいですから」

「ためしてみてくれ。あとでふたたび連絡をしてもらいたい」ローダンはそう告げ、通信を切った。

背後でかさこそ音がする。フェルマーは不安に駆られ、振りむいた。

エネルギー・ブラスターの輝くプロジェクター・フィールドが目に飛びこむ。ラオ＝シンの黄色い目がこちらを見つめていた。

＊

ハン・ドアクは自宅のドアを開けた。そこには隣人のソムヌアク・ロールがいるはずだった。ところが、目の前に立つのは、パラ露のしずく数粒を買えると期待した相手ではなく、テレス・トリエだ。

「なかに入れてもらえないか……それとも？」エスポ幹部はそうたずねると、ぞんざいなしぐさで家主をわきに押しやり、家のなかに足を踏みいれた。

ハン・ドアクは不安に駆られた。無数の思考が頭のなかを駆けめぐる。自分がヌジャラの涙を入手しようとしていたことをくりかえし考えてしまう。それに、パラ露を独房に置いてきてしまった。テレス・トリエは、それゆえここを訪れたのか？

「どうしました？」つっかえながら訊いてみる。「わたしになにか用でしょうか？」

若い女は椅子に腰かけ、脚を組むと、男を探るように見つめた。

「ひょっとしたら、謝罪できないかと思って」女は打ちあけた。「あなたをあのようにあつかって申しわけなかった。もっとちがうように対処すべきだったが、どうしようもなかったのだ。一方で、あなた自身にも責任がある。とりわけ、タルカ・ムウンをあのように挑発してはならない」

「わかっています。おろかなことをいいました」

エスポ幹部は目を細めた。

「その話は、ひとまず置いておこう。それに興味はない。いずれにせよ、いまは。それについては、あとでもう一度話そう」

ハン・ドアクは混乱し、女の向かい側に腰をおろした。この訪問をどうとらえたものか、わからない。テレス・トリエは、知り合ったエスポ幹部のなかでもっとも共感が持てる。彼女は、わたしから情報をいくつか引きだすために、冷淡に配慮なく、あらゆる権利と規則を無視するようなことはなかった。むしろ、いくつかの件ではタルカ・ムウンとカラ・マウから守ってくれさえした。とはいえ、この訪問は、監獄での件と無関係かもしれない。それとも、関係があるのか？

「ご用件は？」ハン・ドアクは訊いてみた。

女は立ちあがり、窓辺に近づいていく。

「なぜ、訪問にはつねに意味と目的がなければならないのか？　特別な目的を追求することなく、語りあうことはできないのか？」

「いいえ」ハン・ドアクは応じた。「監獄であのようなことがあったあとでは、それはありえません」

「わかった。もういい。ならば、これ以上じゃまはしたくない」女は笑みを浮かべてうなずきかけると、ドアに向かった。そこで立ちどまる。「そうそう、忘れないうちにいってこう。あなたがふたたびエスポと面倒なことになった場合、わたしに知らせてくれ」

そう告げると、女は出ていった。ハン・ドアクは混乱し、椅子にへたりこんだ。この訪問をどうとらえたものか、もうまったくわからない。

テレス・トリエは、本当にわたしに援助を申しでたのか？　あるいは、わたしがソムヌアク・ロールとしようとしている取引をなんらかの方法で耳にし、警告しにきたのか？

ハン・ドアクは、一時間ほど迷った。パラ露のしずくを得るために、監督官の夫のもとをあえて訪れるべきか。何度も考えてみる。だが、誘惑がまさった。自分が望めば、いたるところをエスパーとして見てまわることができるという経験は、非常にエキサイティングなもの。それどころか、ほかの惑星にまで到達できたのだ。もう一度、あの冒険を楽しみたい。すくなくとももう一度。

ハン・ドアクは、ソムヌアク・ロールの家に向かった。

「すべて好都合だ」地区監督官の夫がそう告げて、迎えた。「ハンガイは大混乱だ。例の異人ふたりが捕まり、監禁されたらしい。庇護者は、そのふたりによって、とうとう異人の技術に迫ることができると信じているようだ」

「それは、ひどい思いちがいだな」ハン・ドアクが応じた。「その点において、異人はわれわれをはるかにしのぐ。すでにそれだけでも、かれらと合意するのが得策といえる。そうすれば、異人から利益を得られるだろう」

「政治の話はやめよう」ソムヌアク・ロールが拒否した。「その点に関しては妻の話を聞かされるだけで、もううんざりだ。むしろビジネスの話をしよう。すでにいったように、状況は有利だ。いまはなにもかも、ひたすら異人中心にまわっているから。エスポは、ほかのなににも関心をいだいていない。フベイには、ほかにもまだ異人がいると信じて疑わないようだ。つまり、庇護者は、捕獲につながる情報に高報酬をあたえると約束した。いまやそれは、われわれにはどうでもいいこと。いずれにせよ、われわれはじっくり腰をすえて取引を進められる。捕まることを恐れずに」

「高報酬だと？　それは興味深いな」

「われわれには関係ない」ソムヌアク・ロールが応じた。「あきらめることだな。ミア・サン＝キョンは罠を用意した。そこで異人が捕まると彼女は確信している……そもそもフベイにほかにも異人がいるという前提だが」

「で、その後は？　つまり、捕まったら異人はどうなるのだ？」

「それは、ヌジャラのみぞ知る。ミア・サン＝キョン自身も、まだわからないようだ。異人をただちに抹殺することに賛成する勢力がある。一方で、あらんかぎりの手だてで異人の知識を得ようとする者もいる。それに対し、合意と和解を望む声もある。結局どうなるかは、まだだれにもわからない。とはいえ、万一、ラオ＝シンがけがをしたり、命を落としたりするようなことがあれば、異人はただちに抹殺されるだろう」

ふたりはまだしばらく、異人を捕らえる方法について語りあい、フベイにはほかにも異人がいるのか、かくれているとしたらどこかについて意見をかわした。それから、ハン・ドアクにとりもっとも興味深い、取引の話にうつる。ソムヌアク・ロールはパラ露のしずくに法外な値段をふっかけてきたが、ハン・ドアクは長く交渉することなく支払った。確信している。自分は報酬を得て、労せずに口座をふたたびいっぱいにできるにちがいない。

パラ露のしずく四粒を手にし、家にもどった。部屋に閉じこもり、ベッドに横たわると、しずくひと粒を手でつつみこむ。自分の〝目〟がさまよいはじめた。ハンガイの家なみをこえ、監獄に向かって滑るように進み、壁を突きぬけると、監房ひとつひとつをくまなく探し、とうとう異人ふたりを見つけた。ふたりはべつべつの独房で監禁されていた。ひとりは、赤褐色の髪で顔はそばかすだらけ。もうひとりをハン・ドアクは知っていた。最初は勘ちがいだと思った。これがほんの数日前、遠くはなれた惑星で、ローダンと同じテーブルで食事をともにしていた男だとは、とうてい思えなかったから。それでも、長く観察すればするほど、これが思いちがいではないと確信する。

この男がいるのなら、ほかのメンバーもここにいるにちがいない。それどころかローダンもフベイにいるかもしれない。

この考えにしびれ、混乱するあまり、ほとんど自制心を失いそうになる。急いでその場をはなれた。パラ露のしずくをわきに置き、立ちあがると、行ったりきたりする。すこし動いたことで、ずっとましになった。

決心する。ローダンを探しだし、報酬を手にするのだ。

テレス・トリエは手を貸してくれるだろう。いまや、なぜわたしを訪れたのかわかった。彼女は、わたしにESP能力があると信じている。恥をさらさないよう、公けには認めないとしても、わたしを当てにしているのだ。わたしが彼女の力になることを望んでいる。必要とあらば、助言を得たいにちがいない。そして、わたしはそうするつもりだ。

ふたたびパラ露のしずくをつかみ、意識を集中させた。次の瞬間、外に滑りだす。まず、自分の家が、つづいて空からハンガイの町なみが、上空を動きまわる多くの飛翔グライダーが見えた。異人を探しているのだろう。

驚いた。エスポが異人を見つけるのにこれほど手間どるとは。通常は、だれもエスポから身をかくすことはほぼ不可能だと、一般的に知られている。そのテレパシー能力によってこの特殊部隊は、ほとんど全員を探しだすことができるから。とはいえ、実際に身をもって知ったのは、エスポにも限界があるということ。タルカ・ムウン、テレス・

トリエ、カラ・マウは、わたしの意志に反しては情報を引きだせなかったから。

異人の場合も似たようなものなのか？　かれらもまた、テレパシーによる干渉から身を守ることができるのか？

まず、大陸の南海岸を見まわることにした。そのどこかで、異人の手がかりが見つかるといいのだが。しばらく、海の上にとどまっていたが、やがて気づいた。これでは、グライダーで飛びまわるエスポとなんら変わらないではないか。自分の特殊能力を充分に発揮しきれていない。

こんどは海岸に近づき、岩の裂け目や洞窟にもぐり、巨大な岩を横切ってみる……そのさい、ひたすら暗闇だけを感じた……あるいは、なにか疑わしく思えたらすぐに、森を突っきってみる。

時間が過ぎていく。恐れていた。なにも見つからないまま、パラ露を使いきってしまうのではないか。そのとき突然、木々の下の細長い姿に気がついた。電光石火のごとく突進する。近くから観察するためだ。

それは、浅黒い肌をした異人だった。防護服のようなものを身につけている。木立の陰にじっと立ち、海を見ていた。わたしが、これほど近くで観察しているのがわからないようだ。

ハン・ドアクは異人のもとをはなれ、周辺をうろついた。どこか近くにかくれ場が見つかるかもしれない。そう望んだから。まもなく、岩のあいだに設置された装置を見つけた。ところが、それがなんのためのマシンかわからない。謎めいた装置の横には、道具がいくつか置かれていた。つまり、異人はちょうどマシンを設置しおえたとき、わたしに見つかったというわけか。

ハン・ドアクは、最後に異人を見た場所にもどった。

ラス・ツバイは、ネット・コンビネーションを脱いでいた。たいらな入江ですこしばかり泳ごうと、裸で水に跳びこむ。

ハン・ドアクはチャンスに気づいた。一瞬、家にもどり、テレス・トリエに連絡を試みる。

「急げば、さらにもうひとり異人を捕らえることができるでしょう」と、告げ、異人を見つけた場所を説明した。「実際、急いでください。異人を見つけたら、すぐに攻撃しなければ」

ハン・ドアクはラス・ツバイのもとに滑るようにもどった。まだ泳いでいる。観察するだけでなく、もっとなにかできればいいのだが。だが、こうして待つほかなかった。

なにも起こらないまま、数分が経過した。ラスは水からあがり、からだを乾かすために、温かい陽の光のもと、岸辺を行ったりきたりしている。それから、五十メートルほど岸からはなれた、高い土手に向かった。そこに防護服が置かれている。

ハン・ドアクはがっかりした。エスポの無能さをののしる。いまだに現場にあらわれないのだ。ラスが身をかがめ、防護服を手にとるのを、いらだちながら見つめるしかない。

この瞬間、エスポ幹部ふたりが木々の下に出現。麻痺ビームをはなち、これが異人に命中する。犠牲者は麻痺し、その場にくずおれた。

ハン・ドアクは、安堵の息をついた。これから先のことについては、もう興味がない。ふたたび捜索をつづけた。

＊

エイレーネは息を切らし、ネットウォーカーがあらたにしつらえた基地に急いでもどると、

「いま、ラスが捕まったわ」と、告げた。「目撃したの。かれらは突然、そこにあらわれた。ラスを麻痺させて、引きずっていったわ」

ペリー・ローダンが立ちあがった。一方、アトランは、作業中の装置の前ですわったままだ。ここは、一キロメートルにわたる新基地の一部である洞窟のなかだった。調査作業を進めるために必要な一連の装置は、たいした労なくすでに設置してある。そのうえ、ネットステーションから、グライダー数機をここに運びこんだ。それらは移動手段

としてのみならず、快適な寝室として役だつもの。

「かれらにラスは拘束できない」ローダンが応じた。「ラスがそうしようと思えば、姿を消し、われわれのもとにもどってくるさ」

「そもそも、どうやってラスを見つけたのかしら」エイレーネはつづけた。「まさにラスがいる場所めがけてかれらが進撃してきたのを見ていたの。グライダー三機でやってくると、まず機体をジャングルにかくしてから、ラスにそっと近づいていった」

「これで、ブリー、フェルマー、ラスが捕らえられたわけだな」アトランが口を開いた。

「おそらく、われわれが捕まるまでそう長くはかからないだろう」

「で、これからどうするの？」エイレーネが訊いた。「かれらがやってくるのをただ待つわけにはいかないわ。おまけに、相手が麻痺ブラスターしか使わないのかどうかもわからない。つまり、射殺されるのはごめんだわ」

「だれだっていやさ」父親が応じた。「おちつきなさい。ラスはいつでも自力で脱出できる。われわれが危機におちいるようなことがあれば、救出してくれるはずだから」

「それに、優先路は洞窟のすぐ近くを通っている。例の半球形のエネルギー・フィールドを見たではないか。必要とあらば、追跡されることなく、たちまち姿を消すことができるだろう」

「それなら、すくなくとも一時的に避難できるわよね」エイレーネが提案した。

「そうはしない」ローダンが却下する。「われわれがここにきたのは、五万年前に築かれたネットステーションとラオ＝シン・プロジェクトとのあいだにどのような関連があるのかを知るためだ。そして、それについてさらなる情報を得られないうちは、ここをはなれるわけにはいかない」

アトランは、モニター画面を見つめていた。これにより、かくれ場周辺を監視することができる。カルタン人のグライダー四機が頭上をかすめていく。西の方角から、さらに七機が近づいていた。

「どうやら、歓迎されざる訪問者を覚悟しなければならないようだな」アルコン人が告げた。同時に、プシカムでブリー、フェルマー・ロイドと接触を試みるがすぐにあきらめる。反応がなかったのだ。

洞窟のどこかで、石が音を立てた。ローダンは警告するように手をあげ、非常灯をのぞくすべての照明を消す。アトランは、小型反重力装置に固定された赤外線探知機を調整し、さらに広範囲を把握できるよう、上昇させた。

「なにも見えないが」アルコン人はそう告げ、モニター画面をさししめす。

「なにかが、音を生じさせたにちがいありません」ローダンがささやいた。

突然、プシカムが反応した。アトランはスイッチを入れ、応答する。

「こちら、ブリー」小型スピーカーから声が響いた。「エスパー警察がフェルマーだけでなく、ラスも捕まえたと、たったいま知ったところです。なにがあったのですか？ なぜ、ふたりはかれらに捕まったので？」

「なにが起きたのか、まったくわからない」アルコン人が応じた。「きみはどこにいるのだ？ まだ監獄にいるのか？ なかなか元気そうじゃないか」

「まあまあです」ブリーが応じた。「それでも、ミア・サン＝キョンには機会さえあれば、前脚に一発見舞ってやるつもりです。もっと快適な環境にしてくれてもよかったのに」

「きみを労せずに救出できるのは、ラスだけだ」アトランがつづけた。「そして、ラスはいまラオ＝シンに捕らえられている。問題はただ、かれらがどれくらい長くラスを拘留しておけるかということ」

「ラスがすぐには脱出できないとして」ブリーが警告した。「ミア・サンは、エスパー・スペシャリストがラスを拘束しておけるよう、かなりの量のパラ露を用意するつもりです。とはいえ、それはたいしたことではありません。われわれ全員にとり重要なのは、わたしを救出するため《エクスプローラー》がまもなくここに到着するということ。周知のとおり、カルタン人はヴィールス技術に対抗できるようなものはなにも所有していません。大量のパラ露を投入しないかぎりは。ですが、わたしにはそうするとは思えない。パラ露はとてつもなく貴重だと、小耳にはさんだもので」

「本当か？　なぜだ？」

「もうすこし、かんたんなことを訊いたらどうです」

「いまはほかに質問が浮かばない。で？」

「かれらがなんのためにプシコゴンをためこむのか、ただ推測することしかできませんが、アルコン人。おそらく、〝真の〟ラオ＝シン・プロジェクトのためでしょう」

「〝真の〟ラオ＝シン・プロジェクトだと？　どういう意味だ？　もうすこしわかりやすく説明できないのか？」

「これも偶然、小耳にはさんだだけです。正確な情報はありません。実際、カルタン人の植民地計画の背後になにがひそむのか、だれも知らないようにわたしには思えます……ラオ＝シンさえ」

「で？　その先は？」

「ほかにはなにもありません」突然、ブリーは早口になった。ほとんどあわてているようだ。「終わりにしないと。だれかきたようです」

接続が切れた。

「《エクスプローラー》がくるのか」ローダンはほっとしたようすでいった。「これで、すべて変わるな」

ふたたび、石が音を立てて落ちてくる。すると、赤外線探知機のモニター画面に、洞窟内部から押しよせる多数のラオ＝シンの姿があらわれた。ローダン、アトラン、エイレーネにはわかった。基地は失われたのだ。三人はけっして持ちこたえられないだろう。洞窟の出入口に駆けつけたとき、はじめてビームが発射された。燃えるように明るいエネルギー放射が頭上をかすめ、恐るべき破壊力で岩壁に命中する。凄まじい熱により岩が爆発し、文字どおり、かけらの雨が逃走者たちに降りそそいだ。

エイレーネはためらった。それで、充分に速く走ることができない。ローダンには、娘が心ここにあらずで、自分の身の安全を考えていないように見えた。

「とまれ！」命令する声が轟《とどろ》いた。「いまのは、ただの威嚇射撃にすぎない。とまれ、さもないと、本気で撃つぞ」

三人は、走りつづけた。ローダンは娘を引きよせた。その目は見ひらかれ、あらぬかたを見つめている。まるで自分自身のなかに深く入りこみ、内面と対話しているかのようだ。ここ数日というもの、いつもの快活なようすはまったく感じられない。

「進め！」ローダンは急きたてるようにいい、洞窟の天井に向かって二発撃った。ラオ＝シンを押しとどめるためだ。実際、数秒ほどしずかになった。この時間を利用し、三人は洞窟から脱出する。

洞窟の出入口から数百メートルほどはなれたところに、グライダー五機が見えた。その乗員は、ちょうど降機するところだ。

ローダンは、左右を見まわした。ラオ＝シン部隊が近づいてくる。包囲されたのだ。もし、自分たちだけに見える、あの半球形のエネルギー・フィールドがなければ、絶望的な状況だといえよう。プシオン・ネットの優先路に入りこめる場所をしめすそのフィールドは、三人とグライダー五機のあいだに存在した。

「進め！」ローダンが叫んだ。「だれもわれわれを撃たないはず。われわれがなにをするつもりなのか、まったくわからないだろうから」

三人は、五機のグライダーに向かって走った。その背後で、追跡者が洞窟から出てくる。すでに乗員は、機体を降りていた。それでもターゲットに近づかずに、武器をかまえたまま待機している。幹部のひとりが手をあげ、だれも撃ってはならないと合図した。

エイレーネと男ふたりは、半球形のエネルギー・フィールドに到達した……すると、ラオ＝シンの視界から消えたのだ。

7

「聞いたか？」タルカ・ムウンが、テレス・トリエに訊いた。ふたりでハンガイの法医学研究所に急いで向かうところだ。「またもや、かくれ場から異人を追いたてたが、その三名はかろうじて逃げうせたという。まさに空《くう》に消えたらしい」

「似たような話をわたしも聞いた」テレス・トリエが応じた。「もっとも、異人には自身を不可視にする技術があるのだろう。ほかの理由はまず考えられない」

「異人にさし向けられたのが、役たたずばかりだったということ」タルカ・ムウンが興奮したようすで声を荒らげ、検査室のドアを開けた。一糸《いっし》まとわぬカラ・マウの遺体が解剖台に横たわる。「わたしにチャンスをあたえられていたなら、こうはならなかっただろう」

タルカ・ムウンはテレス・トリエの腕をつかみ、力をこめて握ると、

「いいかげんにヌジャラの涙をわたしてくれ」と、小声で迫るように告げた。「異人を狩るために必要なのだ。涙があれば、わたしなら一時間以内に捕まえられる。保証する

とも」

テレス・トリエは、いらだちをあらわに腕を振りはらい、

「それはまったくの初耳だ」と、応じた。「あのパラ露のしずくはふたりでわかちあうはずだが」

タルカ・ムウンは、光る目で同僚を見つめた。

「異人に断固たる態度で臨むには、あなたは弱すぎる。あなたがパラ露を手にすれば、むだづかい以外のなにものでもない。パラ露を浪費させるわけにはいかないのだ。わたしが摂取すれば、異人を抹殺できるだろう」

「ミア・サンがそれを望むと思うのか？」

「すでに庇護者は、ラオ＝シン・プロジェクトをじゃまする者全員を死刑にすると宣告している。わたしもこれを支持する。パラ露をわたしてくれ」

テレス・トリエは同僚を押しのけ、カラ・マウに近づいた。すでにその遺体は、医師によって解剖されていた。

「すくなくともいまは、しずかにしてくれ」怒りをあらわに告げた。「それくらいの敬意を彼女にはらうべきだ」

医師がひとり、おもむろに入ってきた。その視線は、まるでエスポ幹部がここにいないかのごとく、ふたりを素通りする。医師は表情を動かさずに、カラ・マウの遺体に布

をかぶせた。

「なぜ、死んだのだ？」タルカ・ムウンが訊いた。

「死因についてはっきりとは答えられません」医師が躊躇《ちゅうちょ》しながら答えた。

医師はさらに数歩進み、セラミックでおおわれた壁を見つめている。そこにきわめて興味深いものが見えるかのように。

「役たたず！」タルカ・ムウンが鼻を鳴らしていう。「どこを見ているのだ……役たたず」

「なにかが文字どおり、彼女を引き裂いたのです」医師がつづけた。まるで、エスポ幹部の罵声が聞こえなかったかのようだ。「このような事例を見たことがありません。からだのあらゆる細胞が破裂したように見えます。細胞爆発とでもいいましょうか、微生物学においてそのようなものが存在するならば」

「実際、それは起きた。つまり、存在するということだ」タルカ・ムウンがいつもの冷淡でそっけない調子で断定する。「原因はなんだ？」

「どうして、わたしにわかるというのでしょう？」医師は、依然として幹部ふたりを一瞥もせずに答えた。「わたしは、ただなにが起きたのかを断定しただけ。あなたがたがまったくの役たたずでないのなら、きっと原因を見つけだせるでしょう」

医師は踵を返すと、さらになにも告げることなく出ていった。タルカ・ムウンとテレス・トリエは、医師にふたたび話しかけるのをあきらめた。

「役たたず！」タルカが、軽蔑をこめて歯擦音を立てた。「なんの役にたつというのだ？　壁を見つめたまま、戯言《ざれごと》をいうだけの医師が。教えてくれ。あのような役たたずを使って、どうやってラオ＝シン・プロジェクトを実現させようというのか？」

「いいかげんに黙るのだ！」テレス・トリエが同僚をどなりつけ、背を向けると、急いで出ていった。「あなたはそうやって、すべてをだいなしにしてしまう。そのやりかたでは、けっして前に進めない」

タルカはそのあとにつづいた。通廊に出ると、ドアを乱暴にうしろ手で閉める。

「いいかげんにわたしの話を聞くのだ！」同僚は感情的に叫び、テレス・トリエを驚かせた。「わたしは、あなたに……」

タルカは口をつぐんだ。若い女がドアから出てきたのだ。彼女もまたエスパー警察官だ。かつて、ふたりともいっしょに働いたことがある。

「どうしました？」同僚が訊いた。「なにか揉《も》めごとでも？　力になれますか？」

そう告げると、突然、彼女は腕をあげ、両手で顔をおおった。呻き声をあげ、よろめきながら一歩前に進む。そのままひざまずき、もう声もなく床につっぷした。血だまりがからだの下にひろがっていく。

テレス・トリエは近づいてひざまずき、助けようとするが、すでに手遅れだと確信した。死んだのだ。

「医師を」タルカ・ムウンに向かって叫ぶ。「はやく！　医師を呼ぶのだ！」

「医師も、もう彼女を助けられない」

「そういう問題ではない！」テレス・トリエは叫んだ。「彼女を調べるのが早ければ早いほど、実際にわれわれの助けとなる手がかりが見つかる可能性が高まる。わからないのか？」

タルカ・ムウンは無言で背を向けると、医師を呼びに検査室に急いで向かった。

パラ露のしずくをめぐる論争は、このときは忘れられた。それでも、遺体が運びさられると、ただちにふたたび勃発する。タルカ・ムウンが再開したのだ。

「あのしずくがわたしのものになるのが気にいらないのなら、シムレ・ドルテスにあたに申請書を提出すればいい」同僚が皮肉るようにいった。「いまなら、彼女をまるめこめるかもしれないぞ。涙ネットにしずくが充分にあるからな。そこから、ひとつ入手すればいい」

若い同僚の驚愕の死により、テレス・トリエのなかでなにかが変わった。突然、あのパラ露のしずくをめぐる争いが些事にすぎなく、ばかばかしく思えたのだ。

「涙はあなたのものだ」そう告げると、タルカ・ムウンが驚いたようすで、

「で、見返りになにが望みだ？」と、訊いた。

「なにも」

「本当になにもないのか？　それは信じられないな」

「ただ、いいかげんに黙ってもらいたいだけだ」テレス・トリエはタルカ・ムウンを自分の家に連れていき、パラ露のしずくを手わたした。

「そらごらん！」タルカ・ムウンが勝ち誇ったようにいった。「なぜ、はじめからこうしない？」

同僚はヌジャラの涙を握りしめると、急いで出ていった。そのさい、ドアを閉めわすれる。テレス・トリエはかぶりを振りながら、あとについていった。タルカ・ムウンは上機嫌のようだ。肉球で跳びあがり、パラ露のしずくを握る右手を何度も突きあげている。

同僚が五十メートルほど遠ざかったとき、テレス・トリエはドアを閉めようとした。ほっとする。決心がつき、横領品から解放されたのだから。

突然、タルカ・ムウンが立ちどまるのが見えた。まるで、野心的な同僚は不可視の障害物にぶつかったかのようだ。悲鳴をあげ、両腕を高く投げだすと、一回転した。そして、数メートルほどわきにジャンプすると、四つん這いになり、ヒョウのごとく木に向かって跳びかかる。テレス・トリエは、はっきりと見た。タルカ・ムウンが鉤爪で樹皮を引き裂き、樹幹に嚙みついている。

「ヌジャラに誓って、どうしたのだ？」驚いて、同僚のもとに駆けつけた。

タルカ・ムウンは、地面に伸びている。その顔は恐ろしいほど変わりはてていた。まるで、無数の銃撃を受けたかのようだ。

テレス・トリエは、疑わなかった。同僚は、カラ・マウや法医学研究所で遭遇したあの若い同僚と同じ原因で死んだのだ。

タルカ・ムウンは左腕を胸におき、右腕を伸ばしていた。ひらかれたてのひらに、ヌジャラの涙がある。

それをそのままにした。

同僚を失ったことに深く衝撃を受けながら、テレス・トリエは家にもどり、救急サービスに連絡する。

年配の女が出た。まもなく、その顔がテレカムの画面にあらわれる。眠そうな目でこちらを見つめ、

「遺体を引きとりにこいだと？　お嬢ちゃん、遺体をかかえてこちらまで運んだらどうだ」

「だが、それはわたしの役目ではない」テレス・トリエが憤慨して応じた。「そのために、あなたたちがそこにいる」

「そうかもしれないが、お嬢ちゃん」年配の女が答えた。「いまのところやるべきこと

が山づみで、頭がひどく混乱している。ヌジャラの涙が関係するいたるところで、異状が見られ、人がばたばた死んでいくからな。もっともひどいのは、涙ネットだ。そこでは百名を超えるエスパーがおかしくなり、突然変異し、狂暴に走りまわって殺人をおかす。あるいは、細胞爆発で死ぬ。お嬢ちゃん、それでわれわれはいまのところ、充分すぎるくらいやるべきことがある。だから、さっさと遺体を抱きかかえて、ここに持ってくるのだな」

＊

ペリー・ローダン、エイレーネ、アトランは、基地としてしつらえた洞窟からおよそ二百キロメートルしかはなれていない場所でプシオン・ネットを出た。そこは峡谷で、その岩壁が鬱蒼としたジャングルの上空数百メートルの高さまでそびえる。蔓草のような構造体が峡谷をところどころ横切っていた。それらが、まるでクモが紡《つむ》いだような巨大ネットの一部を形成する。

この峡谷にネットウォーカーの第二基地がある。エイレーネと男ふたりはこの場所を見つけだし、近くで動きがあれば、ただちに警報を発する赤外線探知機で基地を守った。

三名は、黙々と基地をととのえていく。だれもがもの思いに沈んでいた。やがて、プシカムが点滅する。

「ブリーかもしれない」アルコン人がいった。

思いちがいだった。

ややがっしりした顔のブロンドの男がこちらを見つめている。水色の目が、機敏で知性的な印象をあたえた。

「おやまあ、アトランだ！」ストロンカー・キーンが驚いたようにいった。「まさか、あなたが応答するとは思ってもみませんでした。てっきり、ブリーだと」

「《エクスプローラー》のストロンカー・キーンだな」

「そのとおりです」ブロンドが答えた。「ブリーを救出するつもりでしたが、おそらく、わたしの役割が増えたようですね」

「そうかもしれないな」アルコン人が応じた。「われわれ、いささか困っているところだ」

「わたしは、それほどはなれていない場所にいます」ストロンカー・キーンがこれ以上ないくらい自信たっぷりにいう。自分がラオ＝シンによって危険にさらされるかもしれないとは、一瞬たりとも考えないようだ。「周辺をすこし見まわってみました。ここは非常に興味深いですね。大型宇宙ステーションを発見しました。奇妙な格子《こうし》状構造体で、そのなかにそれぞれ直径百メートルの物体が三ダース保管されています。どうやら、そのすべてが廃棄物とプレハブ部材で形成されているようです。全体の直径は一キロメートルほど」

「で？」ローダンは、ストロンカー・キーンに手みじかに挨拶すると、訊いた。「それがなんだか、わかったのか？」

ストロンカー・キーンがにんまりした。

「もちろんですとも！　カルタン人は、この格子状構造体を〝涙ネット〟と呼んでいます。基地の閉じられた本体には、フベイ全体のパラ露の備蓄が保管されているのです……ぜんぶで二十五億粒が」

首席メンターはそう告げ、手の甲で顎をさすった。その目がやや暗くなる。

「そこのラオ＝シンは、大騒ぎになっているようです。多くのカルタン人がおかしくなったとわかりました。涙ネットでは、たくさんの死者も出ているとか。だれにも、その死因がわからないようです」

すると、わきに目をやり、

「もう中断しなければ」と、言葉をつづけた。「われわれ、カルタン人部隊に攻撃されているようです。心配無用です。かれらに《エクスプローラー》が脅かされることはありません。とはいえ、油断は禁物《きんもつ》ですから。また、あとで連絡しますね」

そう告げ、ストロンカー・キーンがスイッチを切った。

その瞬間、エイレーネが驚きの叫び声をあげる。ローダンとアトランは振りむき、武器をつかもうとしたが、あきらめたようすで手をあげた。

三人は、カルタン人十二名と向きあっていた。敵は武器をかまえ、威嚇してくる。その優勢さを目の前に、ネットウォーカーは敗北を認めた。

＊

ラス・ツバイはなにも心配していなかった。ラオ＝シンに自分を拘留することはできない。まだからだが麻痺しているあいだ、そう確信していた。とはいえ、テレポーテーションで脱出し、麻痺が消えるまでどうすることもできずにどこかで転がっているわけにもいかない。

この間に、重要な観察ができるといいのだが。そう望み、待つことにした。

拘束されて六時間後、ラスは立ちあがり、独房内を行ったりきたりできるようになる。こうして、逃走の時間が訪れた。ほかのネットウォーカーのもとにもどる前に、まず監獄内をすこし見てまわることにする。

ラスはいつもの方法で意識を集中させ、決定的なインパルスをあたえたが、まったくなにも起こらない。同じ場所にとどまっていた。

驚いて顔をあげる。ふたたびテレポーテーションを試みた。

うまくいかない。

数百年にわたり、抜群を誇ってきた能力を失ったのだ。

＊

フェルマー・ロイドは、カルタン人にプシカムを奪われても、おちついていた。ラオ＝シンは明らかにうれしそうに、独房をあとにした。プシ技術の重要な一部を奪ったいま、これを分析し、模造するつもりらしい。もっとも、それは思いちがいだ。分解しようとすればたちまち、ばらばらに崩壊し、ハイテク装置なしには再構築できなくなるだろう。

フェルマーは簡易ベッドにからだを沈ませ、頭の下で手を組むと、テレパシーの触手を伸ばしてみた。ところが、遠くまで到達できない。たちまち障害物にぶつかり、それを克服できないのだ。まるで、パラ不感になったかのごとく。

驚いて起きあがり、ふたたびためしてみるが、こんどもうまくいかなかった。思考をひとつもつかめない。まるで、周囲の生命がすべて死にたえてしまったかのようだ。

＊

ペリー・ローダンは抵抗せずに武力解除され、都市ハンガイに連れていかれた。とはいえ、気づかれないように足でスイッチを踏み、洞窟内の全装置を自己破壊させるプロセスを開始する。こうして、プシ技術がラオ＝シンの手にわたらないようにした。

ハンガイで捕虜三名は大きな監房に入れられた。そこではブリーが、簡易ベッドの上にすわっていた。《エクスプローラー》指揮官は、笑いながら立ちあがり、友を歓迎する。どうやらブリーもまた、これから自分がどうなるのか微塵《みじん》も案じていないようだ。《エクスプローラー》が近くにいると知り、それによって無類の切り札を手にしたと確信している。

ほとんどたがいに情報交換しないうちに、ラス・ツバイとフェルマー・ロイドが同じ監房に連れてこられた。ミュータントふたりは報告する。

「ラオ＝シンが周囲にプシオン・フィールドを構築し、われわれを無効化したにちがいありません」テレパスが告げた。「おそらく、エスパー百名がこの建物をかこみ、パラ露の力によりしかるべきフィールドを構築したのでしょう」

「それにより、われわれの勝算はやや低くなったわけです」ラスが断言する。

ブリーが勝利を確信するようににやりとし、

「《エクスプローラー》とストロンカー・キーンのことを忘れてくれるな」と、告げた。「たいしたやつだからな。必要とあらば、容赦なく血路を開いてわれわれを救いだすにちがいない。庇護者ミア・サン＝キョンは、びっくり仰天するだろう」

「だといいのですが」フェルマー・ロイドが答えた。「われわれ、いささかかれらを見くびっていたような気がします」

庇護者ミア・サン＝キョンは、テレス・トリエを好意的な目で見つめ、「あなたのおかげで、異人を捕らえることに成功した」と、たたえた。「あなたは手本となるような働きをしたのだ」

「わたしだけの手柄ではありません」エスパー警察官が謙虚に応じる。「成功の大部分は、ハン・ドアクによるものです。その者は技師で、わたしの知るかぎり、エスパー能力を身につけた唯一の男です。異人全員を探しだしたのですから。わたしの功績は、この者といささか揉めたすえ、その協力を得たこと、そして、ローダンとその同行者を捕らえられるよう、迅速に特殊部隊に知らせたことです」

＊

ミア・サン＝キョンは、目を細めて相手を見つめた。明らかに当惑しているようだ。

庇護者は長さ数メートルのデスクの向こう側にすわっていた。机上は、おびただしい量の報告書であふれかえっている。立ちあがり、デスクのまわりをうろうろ歩きだした。大きな窓に近づいていく。そこから、入江を見わたすことができた。恒星光はあまりに明るく、遅い時間にもかかわらず、岩礁の崖がよく見える。

「エスパー能力を持つ男だと？」庇護者が訊いた。

「異例です。非常にめずらしいケースといえましょう。わかっていますとも。ですが事実です」

ミア・サン＝キョンは、否定するように手を動かした。

「ま、いい！　その〝いわゆる〟男の話は、もうやめよう。フベイにほかにも異人がいる徴候はあるのか？　それとも、すでに全員を捕らえたと思うか？」

テレス・トリエは、まずハン・ドアクを弁護し、かれが男であることにまったく疑いの余地がないことをしめそうとした。だが、それをあきらめる。あの技師が男であることを自分がひそかにためしたと疑われてはたまらないから。

「フベイにはほかに異人がいないのはたしかです」テレス・トリエは応じた。「拘束された者たちはどうなるのか、訊いてもよろしいでしょうか？」

「処分はまだ決まっていない。かれらはラオ＝シン・プロジェクトを危険にさらす。それゆえ、死がふさわしい。とはいえ、当面はまだ、かれらを抹殺するつもりはない。複数のセグメントからなる宇宙船がフベイ上空に出現した。攻撃したものの、防御システムは突破できなかった。見たとおり、その宇宙船はわれわれをはるかに凌駕《りょうが》するようだ」

「ローダンの宇宙船でしょうか？」

「そのとおりだ！　そう分類しなければならない」

ドアが開き、幹部がひとり入ってきた。目を引くほど痩身《そうしん》の女で、禁欲的な顔だちをしている。わずかにカラ・マウを彷彿させた。いずれにせよ、似たようなエネルギッシュな印象を受ける。

「《エクスプローラー》のメンターと名乗る者から連絡を受けました」庇護者に向かって、そう報告した。「あなたと話をしたいそうです」

「いっしょにきなさい！」ミア・サン＝キョンがエスポ幹部に命じた。「船の指揮官がわたしになんの用があるのか、楽しみだな」

隣室に向かうと、そこには、ラオ＝シン十二名が一連の通信装置に向かって任務にあたっていた。壁の大型スクリーンに、ストロンカー・キーンの顔がうつしだされる。青い目が庇護者を探るように見つめた。

「わたしが、ミア・サン＝キョンだ」庇護者が名乗った。「なんの用か？」

「たいした用ではない」キーンが勝利を確信した笑みを浮かべていった。「ただ捕虜の話がしたいだけだ。ペリー・ローダン、アトラン、フェルマー・ロイド、ラス・ツバイ、エイレーネ、それにレジナルド・ブルのことだが」

「それについて話す必要はない。捕虜を解放するつもりはないから」

「きみたちが〝涙ネット〟と呼ぶものをここで発見した」《エクスプローラー》のメンターが告げた。「情報によれば、そのなかにパラ露のしずく二十五億粒が保管されているそうだな。かなりのお宝だ。捕虜が解放されなければ、それを破壊する」

「いま名前があがった者たちは、全員われわれの手中にある」ミア・サン＝キョンが認めた。「だが、解放するつもりはない。ずっと拘束されたままだ」

「ま、いいだろう」ストロンカー・キーンが応じた。「ならば、もっとはっきりいわなければな。きみに一時間の猶予をあたえる。それまでに捕虜が解放されなければ、〝涙ネット〟を破壊する。その損失はきみたちにとり、大きな痛手となるだろう」

「スイッチを切れ！」庇護者が命じた。

スクリーンが暗くなる。

「最後通牒《つうちょう》か」庇護者はいった。「このわたしに最後通牒をつきつけてくるとはな」

8

ドアを開けると、そこにはテレス・トリエが立っていた。こんどはハン・ドアクも驚かない。訪問者になかに入るように告げ、

「で？」と、訊いた。「報酬はどうなりました？」

「すまないが」エスポ幹部が応じながら、椅子に腰をおろした。「庇護者ははらわないと思われる。すくなくとも全額は」

「なぜです？」技師が訊いた。向かい側にすわると、視線を彼女の膝に落とす。

「あなたが男だからだ」

「つまり、わたしが女ならば、なんの問題もなく報酬を得られると？」

「そのとおりだ。まさに単純なこと。しょせん、ミア・サン＝キョンもただの女にすぎないわけだ。どうやら、これまで女の専売特許だった能力を突然、男が持つようになることが耐えられないらしい」女は笑みを浮かべ、技師を見つめた。「それどころか、あなたが男であることさえ、疑っていた」

「あなたもそうでないといいのですが」

「それは、いま問題ではない」

ハン・ドアクは、考えこむように相手を見つめた。信頼がやや揺らぐ。約束どおりの報酬が得られるという前提でいたから。

「そうかんたんに、まるめこまれませんよ」技師は告げた。

「どうするつもりだ？　あなたは不法にヌジャラの涙を手に入れた。それは、われわれふたりともわかっている。あなたは、どうやってパラ露を入手したか、訊かれるだろう。で、そうなったら？　なんと答えるつもりだ？　あなたは、どこでしずくを手に入れたか、いうことなどできない。わたしにも教えなかったくらいだから」

「教えるつもりはありません。そんなことをすれば、永遠に入手ルートがふさがれてしまうから」

テレス・トリエは、同情するようにハン・ドアクを見つめ、

「まだわかっていないようだな」と、告げた。「あなたはパラ露を入手することも、それを使って実験することも、もう二度とできないだろう」

ハン・ドアクは、それまで太腿《ふともも》の上に組んでいた両腕をおろした。いまようやく相手の存在に気づいたかのごとく、エスポ幹部を見つめる。だんだん、わかってきた。テレス・トリエは、わたしに明かしたよりずっと多く知っているのだろう。

「なにをかくしているのですか？」技師は声を震わせ、訊いた。「わたしは実験をはじめたばかりです。日々、学んでいます。試みるたびに、進化していく。ますます多くのことが見え、聞こえる。なのに、いま中断しろというのですか？　なぜです？」

「あなたが男だからだ。エスパーは、男が自分たちの列に割りこんでくることが耐えられない。エスパーであることは、彼女たちの特権であり、女だけの典型的特権なのだ。自分たちよりも優秀な男があらわれることがまさに許せないにちがいない」

「つまり、はっきりいえば？」

「彼女たちは、あらゆる手をつくしてあなたと戦うだろう。不当にパラ露を入手したかどであなたをきびしく罰し、のこりの人生において活動の場から排除するはず。あなたにまったくチャンスはない、ハン・ドアク。だから、おとなしくするのだ。それが、あなたにとって最善策ということ。たとえば、わたしの直属上司である地区監督官シムレ・ドルテスのことを考えてみればわかる。彼女はあなたを始末するだろう。死刑になるような、なんらかの罪をあなたに着せることになんのためらいもないはずだ」

女は口をつぐみ、驚いてハン・ドアクを見つめた。相手が声を立てて笑いだしたのだ。

「地区監督官シムレ・ドルテスですって！　よりによって彼女とは」

「そうだ、彼女だ。融通のきかない、度量のせまいおろかな女だ」

「でもって、わたしが彼女の夫からパラ露を入手したことをまったく知らないわけですね」

テレス・トリエは驚きのあまり、言葉を失った。もうじっとしていられないようだ。椅子から跳びでて、窓辺に急ぐ。そこで立ちどまると、急に振りむき、なにかいおうとするが、声にならない。

「そういうことです」ハン・ドアクが断言した。「もう言葉も出ないようですね」

テレス・トリエは席にもどり、腰をおろす。技師がさしだした度数の高い酒に手を伸ばすと、急いで飲みほした。

「まず、気持ちの整理をしなければ」エスポ幹部がようやく口を開いた。「実際、それは思ってもみなかった。話題を変えよう。あなたの力がふたたび必要だ」

「なんのために?」

エスポ幹部は、《エクスプローラー》について、そしてストロンカー・キーンからつきつけられた最後通牒について話した。

「もし最後通牒の期限が訪れるまでに相手の条件をのまなければ、《エクスプローラー》のメンターがなにをするつもりなのか知りたい。それを探りだせるのは、あなただけ。ほかのエスパーがテレパシーでストロンカー・キーンを探ろうとしたが、よくわからない理由でうまくいかなかった。力を貸してもらえないか?」

「なぜ、わたしが協力しなければならないのです?」

「協力してくれたら、あなたがこの件から可能なかぎり逃れられるよう手を貸す」

「それだけでは不満です」

「ま、いいだろう。パラ露をいくつか入手したら、あなたに譲る。しかるべき申請書を地区監督官に提出するつもりだ。そして、それが承認されることは保証する」

ハン・ドアクは合点がいった。笑いながら、

「了解しました。それによって、監督官の夫が困ったことにならないといいのですが」

「それについてもまかせてくれ」

テレス・トリエは立ちあがり、別れを告げた。メンターを探るさい、ハン・ドアクはひとりになりたいだろうから。

ドアが彼女の背後でほとんど閉まりきらないうちに、技師はパラ露のこりを手にとり、ベッドに横たわった。意識は宇宙に向かい、《エクスプローラー》を見つけるまで長くはかからない。驚いた。セグメント船をドッキングさせたこの船は、なんと巨大なことか。

司令室で、あまり背の高くないブロンドの男と出くわした。表情豊かな水色の目をしている。だれにいわれなくともわかった。この男が《エクスプローラー》指揮官にちがいない。そばに、アーモンド形の目をした黒髪の若い女がいる。ハン・ドアクはその独特な魅力に惹かれた。同時に、《エクスプローラー》のメンターと彼女には強い絆《きずな》があ

るとわかる。

ハン・ドアクはちょうどいいときに到着したらしい。指揮官が宇宙船セグメント《クロエ》を偵察に出したとわかったから。若い女の言葉により知る。どうやら船を派遣したのは、かれこれ数時間前のようだ。

「まもなくもどるにちがいないわ」女が告げた。

「計画どおりなら、十分後だな」メンターが応じた。

女はさまざまな装置を操作している。ひとりごとをいっているようだ。ハン・ドアクは、彼女が船のコンピュータ装置と話しているとわかるまで、しばらく時間がかかった。この異人たちにはほとほと敬服する。これまで、そのようなことが可能だとは知らなかった。

スクリーンには、近くで待機し、《エクスプローラー》を待ち伏せるラオ＝シンの無数の宇宙船のリフレックスがうつる。そのうちの一隻も攻撃をくわえない。その理由は察しがつくが。

ハン・ドアクは待った。なにごともなく数分が過ぎ、不安がましていく。徐々にちいさくなるパラ露のことを考えた。わかっている。もう、たいして長くはこの場にとどまることはできないだろう。

「ああ、ラヴォリー」指揮官はいった。「宇宙ステーションのようすはどうだ？」

「〝涙ネット〟内のようすかしら、ストロンカー？」女がいくつか口頭で指示を出すと、突然、宇宙ステーションのプロジェクションが出現。ふたたび、ハン・ドアクは、なみはずれたプラスティック製産物に唖然とした。ステーションと惑星フベイのあいだで小部隊が行ったりきたりするのが見える。

「あそこでは大騒ぎだわ」女が告げた。「すべてが混乱におちいったみたい」

＊

テレス・トリエがふたたび庇護者の執務室に通されたとき、ミア・サン＝キョンは不安に駆られ、いらだっているように見えた。おちつかないようすで、目の前におかれた書類を処理している。

「心配なのは〝涙ネット〟だ」庇護者が打ちあけた。「この報告書を見るがいい。上では、カオスが生じている。あのストロンカー・キーンはもう、〝涙ネット〟を破壊するとわれわれを脅す必要はまったくない。見てのとおり、いずれにせよ、われわれにはもうたもつことができないから」

テレス・トリエは、驚いて庇護者を見つめた。いま聞いた話を信じたくない。あらゆる防御手段が講じられたにもかかわらず、宇宙ステーションの状況がそれほどまで悪化したとは思えなかった。

ミア・サン＝キョンは、報告書をわきに押しやり、

「危険にさらされているのは〝涙ネット〟だけでなく」と、つづけた。「タルカニウム全体だ」

「タルカニウム全体が？」テレス・トリエは言葉を失う。足もとの地面が揺らぐような気がした。

タルカニウムは、四つのラオ＝シン植民地からなる……惑星バンセジのシャント星系、惑星シャレジのアルゴム星系、惑星クマイのブランデルク星系、惑星フベイのオーグ星系だ。フベイの〝涙ネット〟には、パラ露のしずくのほとんどが保管されている。ほかの三つの保管庫には、それぞれ五億粒がある。そのすべてが危険にさらされているというのか？　とうてい考えられない。それにより、ラオ＝シン・プロジェクト全体も危険にさらされるのだから。

「エスパーが死んでいく」ミア・サン＝キョンが説明した。「なかには変貌を遂げただけの者も数名いるが、それでもおそらく死んだほうがましなくらいの細胞変化に苦しんでいる。危険は増していく。状況はさらに悪化するだろう。ますます多くのエスパーが、この不気味な細胞変化に見舞われている。このままつづけば、エスパー全員が死ぬ。そうなれば、パラ露備蓄は守られず、自然発生的爆燃を起こすにちがいない」

「そのような発火の結果ははかりしれません」テレス・トリエが応じた。

「そのとおりだ。そして、いまだにエスパーがなぜそのような反応を見せるのか、推測する手がかりさえつかめない。つまり、なんの手も打てないということ。どうすることもできない。そのうえ、《エクスプローラー》の最後通牒だ。この状況において、あの捕虜たちがそもそもわれわれの敵なのか、それとも共通の利害関係にあるのか、考えてみなければ」

テレス・トリエは黙ったままだった。なんというべきか、わからない。事態は急変し、文字どおり混乱している。

「危険は無限からやってくる」ミア・サン＝キョンがいった。「死は無限からきたる。われわれが太刀打ちできるような相手ではなさそうだ」

＊

「ストロンカー！」ラヴォリーがいらだちをあらわに叫んだ。「《クロエ》がもどってくるわ」

そう告げ、プロジェクション・スクリーンのひとつをさししめした。

「なにが起きているのか、こんどはわかるといいのだけれど」

ストロンカー・キーンは、クロノメーターを見た。

「そして、まもなく最後通牒の期限だ。あと数分で。いまいましい！　われわれが決めなければならないとは」

「庇護者がローダンやブリー、ほかの仲間たちを解放しなかったら、どうするつもりなの？」

ハン・ドアクは聞き耳を立てた。キーンにさっさと決断を下してもらわないと、もう時間がない。パラ露がつきかけているのを感じるから。これ以上はもたないだろう。

「〝涙ネット〟を破壊するつもりなの？」女が迫った。「ストロンカー、はっきりさせないと」

男は、かぶりを振り、

「いや」と、応じた。「われわれ、危険を冒すわけにはいかない。パラ露を潰滅させれば、ペリーとほかの仲間が殺されてしまう」

「つまり、最後通牒をこのままほうっておくつもり？」

「そうだ。おそらく、それをつきつけたのはたいして賢かったとはいえないな。友を救いだすべつの方法を探そう。だいじょうぶ、きっと見つかるさ」

ハン・ドアクは、現実の部屋にもどることにした。

手をひらいてみると、パラ露はすっかりなくなっていた。

疲労困憊《こんぱい》だ。それゆえ、冷たい水で顔を洗い、温かい刺激飲料を口にする。それから、テレス・トリエに連絡を試みた。ミア・サン＝キョンのところにいるとわかり、庇護者の住まう建築複合体に急ぐ。

「テレス・トリエと話さなければならないのだ」入口に立つ警備員に告げた。「彼女は庇護者のところにいる」

女警備員ふたりは、ばかにするように技師をじろじろ見つめ、はじめはエスポ幹部への伝言を拒否した。しつこく粘ると、ようやく警備員が根負けする。だが、それからはすべてが電光石火のごとく進んだ。建物のひとつに案内されると、驚いたことに、ミア・サン＝キョンとテレス・トリエがドアを通ってこちらに向かってくる。

「こちらがその者です」警官が紹介した。「実際、われわれのために情報を入手する比類なき可能性を秘めているのです」

「興味があるのは、最後通牒だけだ」庇護者が応じた。「どうなるのか？」

「なにも起きません」ハン・ドアクが断言した。「《エクスプローラー》は〝涙ネット〟に対してなにもしないでしょう」

「まちがいないのか？」

「まちがいありません。ストロンカー・キーンは、ヌジャラの涙を破壊したなら、われわれが捕虜を殺すのではないかと恐れているのです」

ミア・サン＝キョンはにやりとし、

「思ったとおりだ」と、満足そうにいった。「かれらを正しく評価したようだな」

一警備員が部屋に入ってくると、報告した。ペリー・ローダンが庇護者と話をしたいという。

「もちろんだ」ミア・サン＝キョンが応じた。「捕虜を連れてきなさい。全員だ」

警備員が出ていくと、庇護者は考えこむようにハン・ドアクを見つめた。技師にはわかった。いまこそ、自分の将来を左右する決定が下るだろう。

男は、なにかいおうとした。自分がどのような能力を持ち、それによってなにができるのか伝えようとしたのだ。ところが、庇護者は片手をあげ、黙るようにしめすと、「機はいまだ熟していない」と、告げた。「われわれはまだ、男エスパーを受け入れられないのだ。いずれにせよ、公けには。男がこの精鋭部隊にもたらすのは不安だけ。そうでなくとも、われわれは充分に問題をかかえている」

庇護者は技師にさらに近づき、その肩から埃をはらった。

「自分の居場所にもどり、技師として働くのだ。二度とエスパーとして活動してはならない。わたしのいうことがわかったか、ハン・ドアク？」

「はい、庇護者。承知しました！」

「ならばいい」ミア・サン＝キョンはそう告げ、さりげなく手を振り、部屋から追いだそうとする。ハン・ドアクにはわかった。自分がパラ露をあたえられることはけっしてないだろう。テレス・トリエを一瞥すると、左まぶたがひきつっている。理解した。自分があと数回エスパー能力を発揮できるように彼女はしてくれるはず。それでも、いまは沈黙を守るよう、わたしに望んでいるようだ。

ハン・ドアクは部屋を出ていった。

「もうかれの使い道はありませんか?」テレス・トリエが訊いた。

「ないとも」庇護者はうなずいた。「あの男のことが公けにならないようにしてもらいたい。しばらく、かれの名を伏せたままにしておこう。実際、あの男が必要になれば、また引っぱりだせばいい」

ドアが開き、警備員がペリー・ローダン、アトラン、レジナルド・ブル、フェルマー・ロイド、ラス・ツバイ、エイレーネをなかにとおした。多数のラオ＝シンのエスパーが、不可視のプシオン・フィールドで捕虜を遮蔽《しゃへい》する。

「最後通牒の期限は過ぎたが、なにも起こらない」庇護者が話しはじめた。「思ったとおりだ」

庇護者はローダンに近づき、探るようにその目を見つめると、

「わたしは、ラオ＝シン・プロジェクトのためだけに生きている」と、つづけた。「そのためなら、命さえ捧げるつもりだ。躊躇することなく。だが、わたしにはわかる。あなたたちは全員、生に執着している。自分自身の安全をなによりも優先するわけだ」

「おそらく、そのとおりだ」ローダンは冷静に認めた。

「わたしにはわかっていた！　そして、《エクスプローラー》がヌジャラの涙を破壊しないことも明らかだ。破壊すれば、ラオ＝シン・プロジェクトも危険にさらされるだろう……同時に、あなたがたの命も奪われる。ストロンカー・キーンが、そのようなことをするはずがない。最後通牒をつきつけたのは、むだだったな」

ペリー・ローダンは、なにが起きているのか、すべてを知らされてはいないが、庇護者に話をつづけさせた。彼女が腰かけるため椅子に向かったとき、ようやく発言の意志表示をし、

「ストロンカー・キーンと話さなければ」と、告げた。「すぐにでも！」

「それについて異存はない」庇護者がスイッチを押しこむと、数秒後、《エクスプローラー》のメンターの姿がスクリーンにうつしだされた。

「重要な報告があります」ローダンが口を開く前に、キーンが話しはじめた。「われわれ、《クロエ》を偵察に出しました。すでにそのヴィールス船はもどってきました。うしろにカゲロウの群れ全体を引きつれて」

「で？……つづけてくれ」ローダンが訊いた。「忘れないでくれ。われわれ、ほとんどなにも知らないのだ。なにがあった？」

「エスパーを死にいたらしめる」キーンが告げた。「原因が、すでにわかりました。アブサンタ＝ゴムの無数のカゲロウが、ラオ＝シンの植民地惑星に近づいているのです。

かれらは、タルカニウムを脅かすでしょう。ナックがいま、カゲロウを混乱におとしいれているすべての元凶をつきとめたのは明らかです。これを排除しはじめるでしょう。まだ、深刻な脅威ではありませんが、エスパーの反応は危険が迫っていることをしめしています。これ以上、なにもいう必要はありませんね？　さらに多くのエスパーが命を落とせば、パラ露備蓄はたちまち無防備になる。その結果、パラ露は自然発生的に爆燃するでしょう」

ミア・サン＝キョンは振りむきざまに、通信装置のスイッチを切った。その目は、異様に見ひらかれている。そのようすから、どれほどの恐怖が全身を貫いたのかを見てとれる。ローダンにはわかった。庇護者はもう、テラナーとその友たちをタルカニウムを救うために是が非でも戦わなければならない敵とみなしてはいない。敵は、従来の方法で戦うことのできない、無限からきたる死だ。

「それについて、いいたいことがあるの」エイレーネが告げた。

ミア・サン＝キョンは発言者を不安げに見つめていたが、ようやく、相手が女だとわかったようだ。

「この問題に関する件であれば、話を聞こうではないか」庇護者が応じた。「腰かけたまえ。全員、席についてくれ。テレス・トリエ、客人をもてなそうと思う。かれらはもう捕虜ではなく、客人だ。ぐずぐずするな！　客人に、なにひとつ不自由をさせないように」

エスポ幹部が急いで出ていき、ミア・サン＝キョンはふたたびエイレーネに向きなおると、うなずきながら、話すようにうながした。

「ミア・サン＝キョン」ローダンの娘は椅子に腰かけると、生き生きと語りだした。「あなたは、かつて強大なあまり、力の集合体エスタルトゥの十二銀河諸種族にそのシンボルを強要した種族に属するのね。第三の道のシンボルは、実際、ラオ＝シンのシンボルだわ。エスタルトゥ諸種族は、四植民地惑星の座標にもとづきシンボルをつくったラオ＝シンから、それを受け継いだということ」

「これは驚いた」ミア・サン＝キョンが告げた。「つづけて。話をつづけるのだ！」

「わたしにはもうわかったわ。あなたたちがフベイと呼ぶこの惑星ファマルの原住種族に、五万年前、進化のかわりに退化をもたらすよう遺伝子操作をほどこしたのは、強大なラオ＝シンだったのね」

「それについてはなにも知らなかった。つまり、森に住むサルに似た小動物のことか？」

「そのとおりよ」エイレーネが肯定した。「ラオ＝シンは、自分たちがかつて手がけたものを終わらせるため、原点にもどってきたのね。そしていまや、想像もおよばないほど大規模な宇宙大災害に対して責任がある。もしラオ＝シンが……」

エイレーネは、そういいかけて口をつぐんだ。

「つづけて！」ミア・サン＝キョンが叫んだ。「ラオ＝シンは、なにをしなければ、宇宙大災害に対して責任を追わなければならないというのか？」

エイレーネは答えない。

「どこで、それらすべてを知ったのか？」父が娘に訊いた。「エイレーネ、話をつづけるのだ。さらに知っていることがあるのなら、われわれに話さなければならない。話してくれ」

娘は、肩をすくめ、

「たったいま、頭にそう浮かんだだけなの」と、答えた。「これ以上、わたしになにがいえるというの？ウィボルト、トルニブレド、カネアシ、ロバド、あるいはほかのどのクエリオンであれ、だれが教えてくれたのか、もうわからないの。そもそもあれがクエリオンだったとしても、それしかいっていなかったわ」

「いまの話を正しく理解したならば」ミア・サン＝キョンがいった。「つまり、われわれラオ＝シンがすでに五万年前にこの惑星に存在し、タルカニウムという構想を立てたということか？」

「そうだと思うわ」

「三角形シンボルは、つまり、もともと超越知性体エスタルトゥの第三の道をしめすものではなく、ラオ＝シン……あなたたちの言語では〝約束の地〟といったような意味になるが……のシンボルなのか」

「そう認めるほかないわ」エイレーネが応じた。

「そう主張しているだけではないのか？　本当にそれが事実なのか？」

「事実よ」若い女は宣言した。「まちがいないわ」

ローダン、フェルマー・ロイド、ブリー、ラス・ツバイは話し合っている。エイレーネの話に驚き、その知識がそうあっさりと頭に浮かんだということが理解できない。

「その頭のなかにまだなにが眠っているのか」ローダンが告げた。「われわれにまだ話すことがあるにちがいない。もし……」

娘は、かぶりを振り、

「いいえ、なにもないわ」と、答えた。「知っていることがあれば、ぜんぶ話すわ。でも、ほかにはなにも知らないの」

アトランは、笑みを浮かべた。エイレーネが突然そのような関連性を見つけたことに、まったく驚いていないようだ。ドリフェルをめぐる旅の最中、エイレーネにはすでに似たような方法で驚かされたから。

「ミア・サン＝キョン、どうか、わたしたちを信じてもらいたいの」エイレーネが庇護者に向かって告げた。

「なぜ、わたしがそうしなければならないのか、わからない」ラオ＝シンが応じた。

「わたしたちだけが、さし迫る災《わざわ》いをラオ＝シンからそらすことができるからよ」娘が説明した。

ミア・サンは、椅子の背にもたれかかった。職員たちが入ってきて、食事と飲み物をならべるあいだも、エイレーネから目をはなさない。庇護者は、全員になにがしかがいきわたるよう、気を配った。

「信用しよう」庇護者はとうとう告げた。「あなたには、高位女性の資質とカリスマ性がある」

エイレーネは讃辞に対し、礼をいった。こういう褒《ほ》めかたをされるとは思わなかったが。

「つまり、とうとう監禁生活が終わるということか？」ローダンが訊いた。「われわれを解放する危険を承知の上なのか？」

「危険だとは思わない」庇護者が答えた。「あなたがたは自由だ、そしてたのみがある。《エクスプローラー》に連絡し、ストロンカー・キーンに状況が変わったことをはっきりと伝えてもらいたい。誤解がカタストロフィを招くことがあってはならないから」

「よろこんで」ローダンが告げた。《エクスプローラー》のメンターに連絡をとり、フベイにおける状況が変わったむねを伝える。

「了解です！」キーンが答えた。「それはよかったです。とはいえ、《エクスプローラー》の保安対策はまだ解除しないでおきますね」

「まもなく、きみにもラオ＝シンが信用できるとわかるだろう」

「〝涙ネット〟の状況がおちついたら、わたしも安心して眠れるでしょう」

「われわれ、問題を解決するだろう」ローダンは別れを告げた。通信スイッチを切り、ふたたびミア・サンに向きなおる。

「わたしには、ラオ＝シン・プロジェクトを救うことだけが重要なのだ」庇護者がくりかえした。「それには、エスパーの死をとめることがふくまれる。カゲロウの大群による脅威は、なんとしてでもとりのぞかなければならない」

「ラオ＝シン・プロジェクトとは」ローダンが考えこむようにいった。「正確にはなにをしめすのか？」

庇護者は、いささか困惑したように見えた。この質問を予期していなかったようだ。

「ラオ＝シン・プロジェクトとは、アルドゥスタアルの全カルタン人をラオ＝シンに、つまりエスタルトゥに移住させることだ」庇護者は答えた。ネットウォーカーにとりなにも新情報はない。

庇護者は、ふたたびエイレーネに向きなおった。カルタン人種族は太古、非常に強大であり、現在よりもはるかに高度な技術水準にあったと断言したエイレーネに、どうやら深く感銘を受けたようだ。

ようやく、庇護者も理解したのだ。十二銀河の諸種族はラオ＝シンのシンボルを受け継ぎ、五万年以上にわたり守りぬいてきた。それほど、カルタン人の役割は重要であったということ。

あとがきにかえて

林　啓子

本巻前篇の一三四一話「潜入捜査官ブル」は、六六四巻の巻末で初登場作家としてご紹介したロベルト・フェルトホフ（Robert Feldhoff）のヘフト版第二作にあたる。

ロベルト・フェルトホフは、一九六二年七月十三日生まれ。病気のため四十七歳の若さで帰らぬ人となった。この作品がドイツ本国で出版されたのは一九八七年、二十五歳のときだ。ヘフト版デビュー作とは、作風ががらりと一変していたのには驚いた。引き出しの多さゆえか。次の作品は、どんな感じなのだろう。ちむどんどんする。楽しみがまた、ひとつ増えた。

日本では、新型コロナウィルス感染症〝第六波〟の収束とともに日常生活が三年ぶりにもどってきたような気がする。この二カ月で出社回数も外出機会も一気に増した。いきなりではなく、もう少し、徐々に段階を踏んでもらわないと、気力も体力も追いつかない。体温超えの酷暑週間がこれに追い打ちをかける。

今日は七月の第一土曜日。訳者校の締切を二日後に抱えながらも、室内楽演奏会にてピアノ協奏曲を弾かせていただいた。曲目は、モーツァルトのピアノ協奏曲第二十三番。多くのピアノ協奏曲には、通常のオーケストラ版のほか、室内楽版（ピアノ＋弦楽四重奏）と呼ばれる楽譜が存在する。ピアノ協奏曲の室内楽版と聞いて違和感を持たれるかもしれないが、十八、十九世紀の昔から、大編成のオーケストラ版よりもむしろ室内楽版で演奏される機会のほうが多いそうだ。会場は、代々木上原西口から徒歩三分のけやきホール。古賀政男音楽博物館一階にある客席数二百二十のこぢんまりとしたシューボックス（靴箱）型ホールだが、なによりも音響がすばらしい。高い天井が豊かな残響をもたらし、横幅の狭さゆえ側壁からの初期反射音が客席全体において豊富かつ均一に生じるという。そして、世界三大ピアノと称されるベーゼンドルファーの包みこむような華やかな音色。わたしのつたない演奏も、共演の弦楽器奏者たちに大いに助けられ、楽しく有意義なひとときとなった。このような貴重な機会に恵まれたことを心から感謝したい。

かけがえのない音楽仲間との出会いは、極上のホールやピアノとの遭遇と同じくらいときめくもの。とりわけ今年は、昨年の演奏会でもご一緒したT氏のリヒャルト・シュトラウス作曲『チェロとピアノのためのソナタ』が秀逸だった。能ある鷹は爪を隠すがごとく、T氏は「ネコ踏んじゃったが精一杯です！」という雰囲気で登場なさったが、弾きはじめたとたん、会場の空気が変わった。音楽教育で有名な桐朋高等学校出身で、ピアノ奏法および室内楽を本格的に学ばれたらしい。本職は、なんと東京理科大学の教授だという。室内楽コンクールでは、これまでなんども上位入賞を果たした。あんな風にパワフルに熱く年を重ねていきたい。わたしの目標とする音楽家のひとりだ。

古賀政男音楽博物館の存在は、今回初めて知った。敷地はもともと自邸だった場所で、建物は日本音楽著作権協会が本部を構えるオフィスビルと一体化している。博物館の展示で拝見した古賀氏のお顔は、なんとなくブリーを彷彿させた。恥ずかしながら不勉強で、同氏についてはこれまでお名前しか知らず。読者のみなさんのほうが、よくご存じかもしれないが、あらためてその輝かしい功績を抜粋させていただきたい。

同氏は一九〇四年、福岡県田口村（現在の大川市）生まれ。幼少期に弦楽器に興味を抱き、学生時代はマンドリンとギターのクラシック音楽を学びながら、大正琴を愛した。明治大学在学中にマンドリン倶楽部の創設に貢献し、音楽家をめざす。卒業後、後進の指導にあたった同大学マンドリン倶楽部の演奏会にて『影を慕いて』を発表。その後、レコード会社の専属作曲家として数々のヒット曲を世に送りだし、昭和を代表する国民的作曲家となる。生涯において手がけた楽曲は、五千曲にのぼるという。それらの作品は〝古賀メロディー〟と呼ばれ、いまもなお愛されつづけている。作曲活動のかたわら、音楽親善大使として世界各国をめぐり、戦後には広島平和音楽祭を主催。音楽の力で平和を訴える。一九五九年、日本作曲家協会初代会長として、日本レコード大賞を創設。生涯を通じ、音楽界の発展に貢献した。多大なる音楽文化活動の功績に対し、さまざまな賞を贈られる。一九七八年、七十三歳にて永眠。没後、国民栄誉賞を受賞した。

ドイツ三大Bと呼ばれるバッハ、ベートーヴェン、ブラームスをはじめ、海外の著名な作曲家については、演奏するにあたって作品の時代背景など念入りに調べるものの、日本の作曲家についてはあまりになにも知らないということに、いまさらながら気づいた。これを機会に、邦人作品にも挑戦してみたいと思う。

二〇二二年七月二日　不意打ちの酷暑つづきの東京にて

宇宙《そら》へ（上・下）

The Calculating Stars

メアリ・ロビネット・コワル

酒井昭伸訳

〔**ヒューゴー賞／ネビュラ賞／ローカス賞受賞**〕一九五二年、巨大隕石によりアメリカ東海岸が壊滅する。数学の天才でパイロットのエルマは、夫とともにこの厄災を生き延びるが、環境の激変のため人類が宇宙開発に乗りだすことになって――星々を目指す女性パイロットを描く改変歴史／宇宙開発ＳＦ　解説／堺三保

ハヤカワ文庫

2000年代海外SF傑作選

橋本輝幸編

独特の青を追求する謎めく芸術家へのインタビューを描き映像化もされたレナルズ「ジーマ・ブルー」、東西冷戦をSFパロディ化したストロス「コールダー・ウォー」、炭鉱業界の革命の末起こったできごとを活写する劉慈欣《リウ・ツーシン》「地火《じか》」など二〇〇〇年代に発表されたSF短篇九作品を精選したオリジナル・アンソロジー

ハヤカワ文庫

2010年代海外SF傑作選

橋本輝幸編

〈不在〉の生物を論じたミエヴィルのホラ話「〝《ザ・》〟」、ケン・リュウによる歴史×スチームパンク「良い狩りを」、仮想空間のAI生物育成を通して未来を描くチャンのヒューゴー賞受賞中篇「ソフトウェア・オブジェクトのライフサイクル」など二〇一〇年代に発表された十一篇を精選したオリジナル・アンソロジー

ハヤカワ文庫

訳者略歴　獨協大学外国語学部ドイツ語学科卒，外資系メーカー勤務，通訳・翻訳家　訳書『死者のハーモニー』シドウ&フェルトホフ，『被告人ブル』グリーゼ&エルマー（以上早川書房刊）他多数

HM=Hayakawa Mystery
SF=Science Fiction
JA=Japanese Author
NV=Novel
NF=Nonfiction
FT=Fantasy

宇宙英雄ローダン・シリーズ〈671〉

潜入捜査官《せんにゆうそうさかん》ブル

〈SF2374〉

二〇二二年八月二十日　印刷
二〇二二年八月二十五日　発行
（定価はカバーに表示してあります）

著者　ロベルト・フェルトホフ　H・G・フランシス
訳者　林《はやし》啓《けい》子《こ》
発行者　早川　浩
発行所　株式会社　早川書房
郵便番号　一〇一 - 〇〇四六
東京都千代田区神田多町二ノ二
電話　〇三 - 三二五二 - 三一一一
振替　〇〇一六〇 - 三 - 四七七九九
https://www.hayakawa-online.co.jp

乱丁・落丁本は小社制作部宛お送り下さい。送料小社負担にてお取りかえいたします。

印刷・信毎書籍印刷株式会社　製本・株式会社川島製本所
Printed and bound in Japan
ISBN978-4-15-012374-1 C0197